笹採りも製粉も
こしあんも。
年5万個を
ひとりで作る
90歳の人生

おかげさまで、注文の多い笹餅屋です

桑田ミサオ

小学館

米袋を
ひょいっと

おかげさまで、
楽しく
暮らしています

はじめに

私は、桑田《くわた》ミサオと申します。２０１７年の2月で90歳になりました。津軽《つがる》半島の中ほどにある五所川原《ごしょがわら》市の金木町《かなぎちょう》で、笹餅《ささもち》を作っています。

津軽半島に伝わる笹餅は、餅であんこを包むのではなく、もち米の粉にこしあんを混ぜて餅生地を作り、笹の葉に包んで蒸しあげたものです。

なめらかで、もっちりしていておいしいですよ。

私が本格的な餅作りを始めたのは、60歳の定年から。金木の農協に直売所ができたのがきっかけでした。すると、これがおいしいと評判になって、地元のスーパーでも扱いたいと言ってくれたのです。これをきっかけに起業したのは、75歳の時。家族に気兼ねせずに作業ができるように、加工所も自己資金で造りました。

80歳になった時には、廃止の危機に追い込まれた津軽鉄道を盛り上げようと、若い人たちと、冬の「ストーブ列車」でも車内販売を始めたんです。歌いながら餅を売るおばあさんが話題になり、他県からも注文が入るようになりました。「ストーブ列車」はその後、当番制になって、月に1～2度だけ乗っています。

今でも週に2回、「ミサオおばあちゃんの笹餅」という商品名で、地元のスーパーで販売しています。1日150袋、1袋2個入り150円、1人限定10袋ですが、ありがたいことに昼までにはすっかり売り切れてしまいます。

それとは別に、注文も受けます。でも何から何までひとりで作るので、何日までに幾つという注文に応えるのは大変です。いつまでならば大丈夫ですという私の都合に合わせてくださるのなら、できるだけお応えするようにしています。テレビや雑誌で紹介された後は、遠くからも注文が舞い込みます。〝100個、冷凍で送ってください〟という東京のお客さんもいれば、若い娘さんから、〝笹餅を5個、送ってください〟という注文もありました。たった5個でも送料が600円もかかるのは申し訳ないので、その時は送料だけで送ってあげました。

先日も、取材の方に、いったいいくつ作るのですかと訊かれて、初めて数えてみたら、1年で笹餅だけで5万個も作っていました。でもその笹餅が、いろいろな人たちとの出会いを運んでくれたんです。80歳を過ぎて、ようやく自分のやりたかったことができるようになってきたのです。そして、それが私の人生をこれまで以上に楽しく、豊かにしてくれました。そんな私と笹餅のお話を、みなさんにお聞きいただこうと思います。

津軽中里
ワンマン
走れ
メロス

こんな人に、私もなりたい

島村菜津（聞き手・ノンフィクション作家）

青森県は津軽半島の、太宰治《だざいおさむ》で知られる金木町で、90歳の笹餅名人に出会った。ミサオさんに初めて会った時、私は青森県に伝わる『三枚のお札』という昔話を思い出した。ある時、寺の小僧が山に栗拾いに行って山姥《やまんば》に喰《く》われそうになる。そして何度か追いつかれそうになるが、予《あらかじ》め和尚に持たされた三枚のお札の力で逃げのびる。お札で小僧が大きな川を出すが、山姥はこれをぐびぐびと飲み干す。次は火の海を出してみるが、山姥は、これも水を吐いて吹き消してしまう。ついに小僧が寺に逃げ延びると、和尚が山姥に、山のように大きくなれても豆のように小さくはなれまい、と挑発する。調子に乗った山姥が豆になると、和尚はすかさずそれをつまみ、焼き餅に挟んで食べてしまう、というちょっと残酷な話である。

誤解しないでほしい。私は、山姥という存在を心から敬愛しているのだ。だって山の神様の化身なのだから。

山姥とは、人知を超えた自然の力への畏怖《いふ》と恐怖の念の象徴である。おどろおどろしい昔話が多いのは、そのせいだ。けれども、その山姥が豆という食べ物に変身し、お餅に包まれて人に喰われるこの物語には、そのもう一つの顔がほのめかされている。つまり、豊かな恵みをもたらし、人々を養うという自然の慈愛に満ちた表情である。

ミサオさんの笹餅作りは、私たちを、自然のエネルギーを身体《からだ》に取り込むための技、食べ物を作るという行為の原点に立ち返らせてくれる。なぜならその技は、台所の中だけで体得できるものではない。書物や人伝《ひとづて》の情報だけでもない。畑の声に耳を傾けながら小豆《あずき》を育て、山奥に分け入っては小鳥たちと対話しながら、笹の葉を手折る。冬になれば、毎朝、雪かきを強いる、そんな、時に厳しい自然に抱かれて暮らす人だけが、日々の生活の中で身につけることができる技である。

〝私の技なんて、そんな大したものじゃないの。でも、みなさんが私の笹餅がおいしいと言ってくださるのなら、それは私がまごころを込めて作っているからだと思うの〟。そう、謙虚なミサオさんは言う。

そう言われて改めてミサオさんの笹餅作りを眺め直してみる。

四角い蒸し器の蓋を開くと、香ばしい湯気が辺《あた》りに漂う。その蒸し上がったお餅をミサオさんが、蒸し布ごと、えいやっと持ち上げて、丸い大皿に広げる。粗熱《あらねつ》を取る間もなく、片手で餅をちぎっては、親指と人差し指の輪っかから捻《ひね》り出して、丸める。1、2の3で笹の葉に包み、三角形に仕上げる。その完成されたリズミカルな動きが、まごころを注入するための美しい儀礼のように見えてくる。

ミサオさんのお餅を食べて、涙を流す人がいるのは、そこに、そんな力が宿っているからだと思う。

粘って伸びるもち米で作るお餅を好む私たちは、古来、人と人の結束力を強めるというお餅の力を信じてきたのだという。だから、年の改まる大切な時には、集まってお餅つきをする風習が残ったのだという。お餅が、地元に残るお年寄りと都会に出ていった若者たちを結ぶ。被災地の若者たちと都会の若者たちを結ぶ。そして、津軽のおばあさんと日本中のいろいろな人を結ぶ。ミサオさんの笹餅は、まさにお餅の原初的な力を思い起こさせてくれる。

だからといって、ミサオさんは、昔ながらのお餅を忠実に再現してきた純朴な料理人などではない。おふくろの味を出発点としながらも、より柔らかな食感、より美しい笹の色を実現するためには、日々、研究を怠らない探究心の塊である。

さすがに90歳なのだから、もう必死の形相で作っているのではあるまいかと勘ぐる人もいるだろう。それは大間違いである。何度でも仕事の邪魔をしにいく私たちのような者にも、お昼になれば、赤飯、しじみ汁、ワラビの一本漬けにみょうがの甘酢漬け、鹿肉とかぼちゃの炒《いた》めもの、がっぱら餅に若生《わかおい》昆布のおにぎり、と、津軽だけで味わえる絶品の手料理を素早く作ってはふるまってくれる。その上、大のお話好きで、質問をすれば、何時間でも答えてくれる。サービス精神満点、余裕しゃくしゃくなのだ。

次から次へと、いろんなことを教えてくれながら、〝私ね、小学校しか出てないから、今でも新しい言葉を覚えたら、後で辞書で調べるの〟と少女のように目を輝かせる。幾つになっても、新しいことを学びたいという柔らかな心。悩み込んだりせず、えいやっと思いきって踏み出す前向きな態度。それがミサオさんを、いっそう人を引きつける若々しいオーラとなって、包んでいる。何よりもそのことに、私は大いに刺激を受けた。

こんな潔い老後が過ごせたらどんなにいいだろう、まさに理想形だと思う。そうは思ってみるものの、ミサオさんの境地はなかなかに険しい。

〝たった餅一つで涙を流してくれる人がいるのなら、一生続けよう〟と心に誓って以来、笹も山から自力で集め、あんを練り、少しも手を抜かずにお餅作りを続けるのは、並大抵のことではない。息子さんが言うように、苦労してきたのだから、楽隠居と決め込む手もある。身体が許す限り、旅行三昧も悪くない。コタツに寝転がって、テレビを観る老後だってある。なのに、愛してやまない孫たちからも離れて、淋《さび》しさに耐えながらのひとり暮らし。押入れで眠り、自分のことには、ちっとも贅沢《ぜいたく》をしない。

そうやって今日も、どこかの誰かを元気にしたいと、まごころを込めてお餅を作り続けている。

その90歳の暮らしを律する強い信念のようなものに、私は打たれる。無私の心に貫かれた偉大な人を生み出す東北の風土に打たれる。

そして、無理だとわかっていても、言霊《ことだま》思想を信じて呟《つぶや》いてみる。

〝こんな人に、私もなりたい〟

目次

〔第2章〕　60歳からの人生にありがとう……035

〔第3章〕　今の身体にありがとう……071

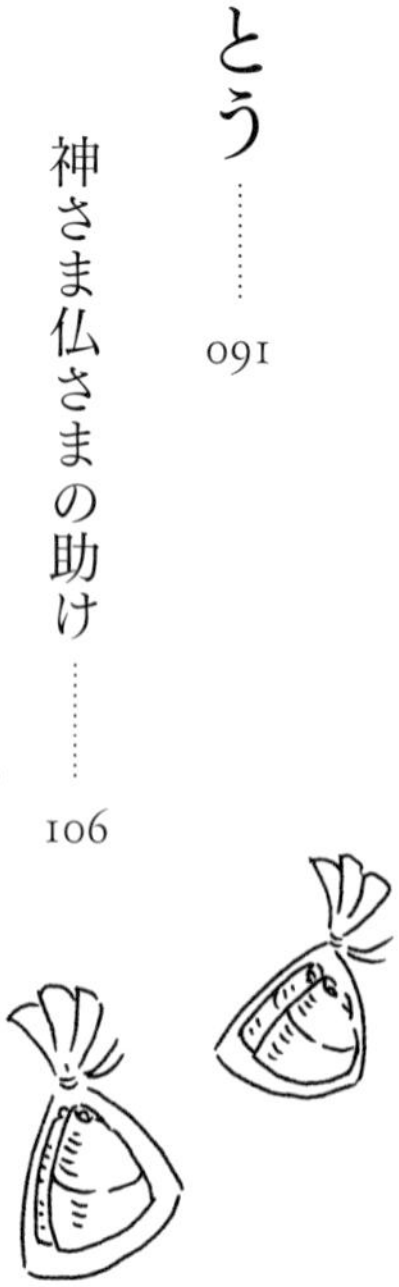

［第1章］

笹餅にありがとう

まごころを込めて

60歳で定年し、農協の直売所にいろいろなお餅を置き始めて、人様に売ってもいいと思える笹餅が完成するまで5年の月日を要しました。笹の葉の色が変わるのを防ぐにはどんな方法があるのか、もっと柔らかな食感にするにはどうすればいいのか、試行錯誤を重ねてきました。

素材は、お砂糖のほかはすべて地元のものです。お米は知り合いから買い、自分で粉にします。小豆は自分でも作りますし、姪《めい》も手伝ってくれています。水もおいしい湧き水です。保存料や添加物は一切使いません。

もっとおいしいお餅を作りたい。もっと喜ばれるものにしたい。その気持ちは今でも変わりません。ですから1年に何万個作っても、飽きたりすることはありません。毎日、まごころを込めて作っています。

津軽の〝までぇな〟笹餅

私が暮らす津軽半島は米どころで、少し前までは、神様の行事のたびに、いろいろなお餅をたくさん作っては、ご近所にも配っていました。田植えの時には赤飯。初日に、水の入り口にお神酒《みき》と赤飯、みがき鰊《にしん》をお供えして長老が祈ります。朝、薄暗いうちに親戚が集まって一緒に働き、朝、昼、晩と、何回でもご飯を食べました。6月は虫送り。五穀豊穣《ごこくほうじょう》と、虫がつかないようにとお願いしたんでしょうね。この日地元では、よし餅を作ります。田んぼのおやつなので、〝よし頑張ろう〟の意味だと私は勝手に思っております。夏は金木八幡神社や熊野宮の宵宮《よいみや》で、しとぎ餅や焼き餅を作ります。それから、旧暦の9月でしたか、9のつく日を三節句と呼んで大福を作っていました。でも、9の字が苦を連想させると、最初の2回は8

日と18日。29日のときは、農家では28日に新米のもち米で餅をつきます。大福をたくさん作り、次の日子供たちが学校の先生にも持っていきます。29日は、先生はもう大福だらけになるんです。

年末年始は行事が多く、毎日のようにお餅を作った記憶があります。お彼岸にはゆで団子。12月、私の家では、おはぎは1日の岩木山《いわきやま》神社の命日や宵宮などしょっちゅう作ります。5日はえびす様の日で大福やおはぎ、10日は高山稲荷《たかやまいなり》の日で赤飯。12日は山の神さまで大福です。昔は薪だし、炭も焼くので、山の神さまは大切でした。近所の喜良市山《きらいちやま》の「十二本ヤス」と呼ばれる御神木《ごしんぼく》には、山の神さまが宿ると、今もお正月に、お年寄りがしめ縄を作ってこの木にかけるんです。

さてその岩木山の日に、私の夫が40代の頃でしたが、私が作ったおはぎを9個も食べてしまったことがあるんです。夫は、お餅がそれはそれは大好きでした。

〝あや、わが作る餅めえはんで、そったに食べだんだなあ〟

私の作るおはぎがおいしかったんで、そんなに食べたんだなあと2人で大笑いして、その時から俄然《がぜん》、お餅作りにやる気が出たものです。

〝までぇ〟という東北の方言をご存知ですか？　その語源は、〝真手〟という古語だとか。手間ひまを惜しまずに、丁寧にという意味のすてきな言葉です。そして、笹餅は、人情が豊かな津軽らしい〝までぇな〟お餅です。

笹餅は、もともと端午《たんご》の節句《せっく》に食べるお餅です。でも私が子供の頃はお腹が弱くて、ほとんど食べられなかったんです。母もおはぎはよく作りましたが、笹餅を作ったのは数回しか覚えていません。こしあんを作ったり、蒸したり、笹に包んだりと笹餅には手間がかかります。粉を混ぜる時も、餅を丸める時も、手を使います。慣れはいいもので、素手で混ぜれば、米粒の半分くらいのダマも手に当たるのがわかるからです。笹餅は、いろいろなお餅の中でも一番のおもてなしのお菓子、〝までぇな〟お餅なのです。

喜良市山のヒバの神木、「十二本ヤス」。樹齢 800 年以上、樹高 33.46 m。ありがたい空気に包まれている。

おいしくするための工夫

お餅の作り方は母に習いましたが、今の笹餅の作り方は自分で工夫を重ねてきました。母は、笹餅を一度しか蒸しませんでした。こしあんともち粉を混ぜた生地を、笹で包んでから蒸すのです。ほとんどの人が、この作り方です。一度で形を作るには、ある程度の硬さが必要なので、仕上りの生地も硬くなってしまいます。しかも、笹が茶色く変色してしまいます。

まず直売所を始めた頃、色よく仕上げるにはどうしたらいいのかといろいろ考えるうち、最初に生地だけを蒸して、もう一度、笹で巻いてからちょっとだけ蒸すという方法を考えついたんです。

一般的な食中毒の原因菌を死滅させるには、中心温度85℃で1分加熱、が推奨されています。笹に殺菌力があるといっても人様に売るなら念のためと、笹に包んでからもう一度蒸すことにしました。蒸せば１００℃近くになるでしょう。笹の葉に包んで二度目に蒸す時は、１分ちょっと、できるだけ短時間蒸す。それなら笹の葉の色は青々ときれいなままです。添加物は何も入れませんが、４～５日は平気です。

それから、お餅をもっと柔らかくしたいと、蒸す前の生地を、手ですくえば指の間からしたたり落ちるくらい、とろとろの状態にしました。そして、なめらかな食感のためには、製粉機の一番小さな目盛りで二度挽《ひ》いて、こしあんと混ぜる時にも、何度かふるいにかけることです。もう一つは、生地を寝かせる時間です。これをある時、30分から1時間に変えてみたら、お餅がうんとまろやかになったんです。

よその笹餅は、冷凍して解凍すると、べちゃっとのり状でしたが、私の笹餅は、解凍してももっちりしています。電子レンジでの解凍は水分が飛びますが、蒸したり、炊飯器に入れるとできたてのようになりますよ。

笹餅の作り方

なめらかでとろとろが、工夫の証《あかし》

笹の若葉が青々と茂り始める端午の節句、かつて津軽地方では、家々で笹餅をたくさん作ってはご近所に配ったのだとか。古来、小豆には魔よけの力があるとされ、季節の変わり目に鉄分や亜鉛、ポリフェノールもたっぷり含まれた小豆でデトックスしたのは、とても理に適《かな》ったことでした。

この笹餅が格別なのは、地元の小豆と米、湧き水、それに自ら山で摘んだ笹の葉を使っていることだけではありません。その米を二度も製粉機で細かく挽き、ふるいにかけ、あんや砂糖と丁寧に混ぜ、またふるいます。蒸しは二度。二度目だけ笹で包んで蒸します。殺菌のためにごく短時間蒸すのが、笹の葉を色よく仕上げる工夫。ほのかな甘さとなめらかな舌触り、無添加なのに数日間もっちり柔らかい餅には、達人の極意が隠れています。

ここが違う

一般的な笹餅。形を作れる硬さの生地で、一度に長く蒸すため、硬めに仕上がる。笹の色も茶色に変色しがち。

笹餅の作り方

材料（80個分）

こしあん（作り方P132〜参照）　500g
もち粉（2度、製粉機にかけたもの）　1kg
砂糖（上白糖）　1kg
塩　小さじ1
水　約360mL
笹の葉（笹は洗って水気を拭き取る）　80枚

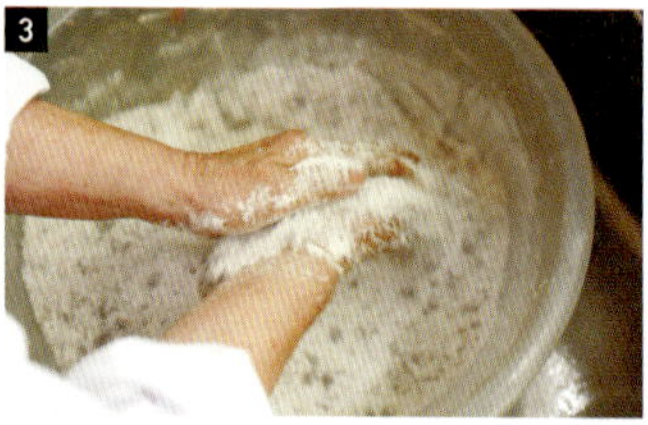

1ボウルにもち粉と上白糖を入れ、一度ふるいにかける。こしあんを入れる。2塩を入れ全体をよく混ぜる。3手ですりあわせるように。4もち粉はかなり細かいのにくらべ、あんこや砂糖はダマになりがちなので、混ぜてからまた、すべて細かくサラサラになるまでふるいにかける。5混ぜながら少しずつ水を加える。6手のひらで揉《も》むようにやさしく、よく混ぜる。

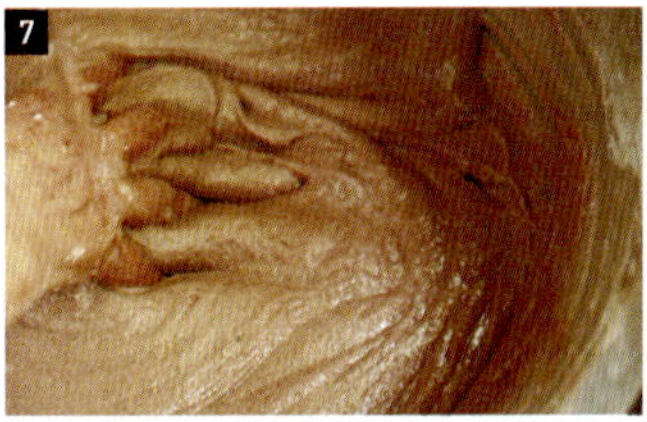

7すくうと、手からとろとろっと落ちるくらいの水分量に。**8**混ぜた生地を1時間ほど寝かせる。**9**とろとろのお餅を全部、蒸し器に敷いた蒸し布に、ゴムべらで流し入れる。**10** 1時間ほど蒸す（500gで作ったら、30〜40分）。ぷるぷるの蒸し上がりへ（一度目の蒸し）。**11**蒸し上がったら、布ごと取り出す。**12**大皿（バットでもよい）にひっくり返し、10分ほど待って粗熱を取る。**13**笹の葉の水分を拭き取り、お餅を包む準備を。**14**餅包み開始（次のページへ）。

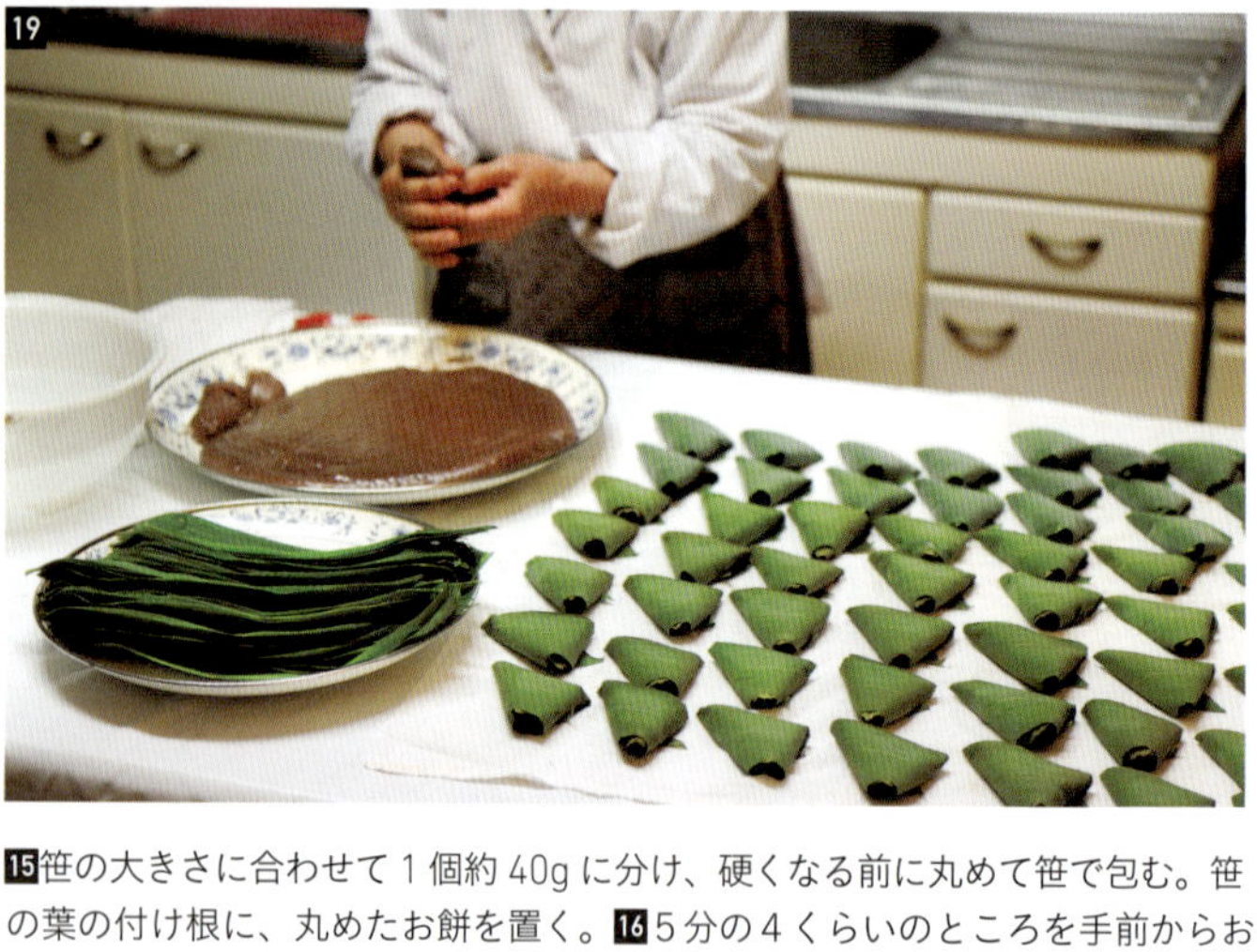

15笹の大きさに合わせて 1 個約 40g に分け、硬くなる前に丸めて笹で包む。笹の葉の付け根に、丸めたお餅を置く。16 5 分の 4 くらいのところを手前からお餅を包むように折り（イチ）、後ろに回す（ニ）。17回した部分が三角になるように。葉の先は三角の中に入れ込む（サン）。18お餅を包むように入れ込み、葉先だけ少し出す。19ミサオさんは、このイチニサンの包む工程が手早く美しい！

20笹に包んだお餅を、蒸し布を敷いた蒸し器に詰めて並べる。21強火で１分ちょっと蒸す（二度目の蒸し）。このくらいの蒸し時間でも殺菌できるのが笹効果。短時間の蒸しなので、変色せず青々と美しく、香りもよい。22蒸し上がり。23蒸し器から取り出す。１個ずつ並べて、粗熱が取れたら出荷準備へ。24縦に10個ずつ並べて置く。数えやすいというわけだ。

地元の小豆だからおいしい

小豆は、裏の畑で自分でも栽培しています。私の小さな畑ではとても足りないので、近頃は姪が、作ってくれています。それも、農薬もふらずに育てています。姪といっても70歳ですけどね。それでもやはり畑が小さいので、足りない分は近所の農家からも買っています。みなさん、洗って選別して、乾燥までして持ってきてくださるので、できるだけ農家にも嬉しい価格で買い取るようにしています。市販の小豆よりも少し安いくらい、1kg750円と言うと、〝おばさん、そんな値段でいいの？〟と喜んでくれます。わざわざ持ってきてくださるので、お礼に笹餅をお渡しします。

お餅作りには、ここの地元の小豆がいいみたいです。津軽で作られている小豆は、大納言《だいなごん》の系統です。何でも古くから、この辺りで作られてきた在来の大納言から改良されたものだそうです。丹波《たんば》の大納言ほど大きくはありませんが、赤みが強く、おいしいだけじゃなくて、とても、扱いやすいんです。この辺では、小豆は自分の家でお餅を作るために少しだけ育てている人が多いので、作り方も丁寧です。この質の良い小豆なので、こしあん作りも難しくないのだと思います。笹餅作りを教えている人が、市販の小豆で作ってみたら、同じようにならないと言うんです。それで地元の小豆と米粉を分けてあげたら、〝うまくできたから面白くて、面白くて〟と喜んで電話してこられました。だから、私にとってもありがたい小豆です。小豆といっしょに、野菜がいっぱい採れたら分けてくれますし、お互いさまなのです。

津軽の大納言系小豆。

小豆は余熱で柔らかくする

おいしい笹餅作りの秘訣《ひけつ》は、おいしいあん作りです。あんって、煮方がものすごく難しいんです。まず小豆を洗って、そのまま水から煮ます。一昼夜浸けておいたりしなくていいですよ。その代わり、秘密があります。水から小豆を火にかけて、沸騰したら火を止めて、1時間ほど寝かせます。それからもう一度、火を入れます。二度目はもっと早く沸騰するので、そうしたら火を止め1時間、待ちます。

こうして二度寝かせると、豆の状態にもよりますが、小豆がすっかり柔らかくなります。炒め物なども同じで、蓋をしたまま寝かせれば、キャベツや人参も、砂糖でも入れたような甘味が出ます。ガス代も節約できます。

私のあん作りは独特でとても変わっているそうです。ある日、テレビ番組を観た方から、あん作りを一度見せてほしいと電話がありました。30年間、和菓子屋さんで職人として働いてきた方でした。こしあんはアク抜きが大変だと言われます。まず煮る時、まめにアクをすくうこと。そして、煮た後は水を出しっぱなしの状態で、ボウルの中で漉《こ》し袋を絞ってアク抜きします。この時たくさん使うおいしい井戸水と地元の小豆との相性がいいのだと思います。漉し袋は市販のだし袋でもいいですが、絞りにくいので、さらしで自分で作りました。蛇口に縛れるように紐をつけたら、水に浸したあんを小鍋ですくって袋に詰める作業がとても楽になりました。

あんは、使う分ずつ作りますが、夏は笹採りで忙しいので、3月にまとめて作りおきします。凍らせておくなら、砂糖入りのほうが解凍時間も半分で楽です。けれど笹餅だけでなく、赤飯や焼き餅など使い方によって砂糖の分量も違うので、私は砂糖なしの状態で保存。お餅を作る前日に冷凍庫から出し、常温でゆっくり解凍させています。

［第2章］

60歳からの人生にありがとう

笹餅屋の1日

さて、笹餅屋の私の1日はこんな風です。普段は、だいたい朝7時半に起きて、朝食をいただきます。数年前に亡くなった夫にも陰膳《かげぜん》をお供えします。火曜と土曜はスーパーに卸しているので、その前日は夜中まで大忙しです。9時頃から午後の2時頃まで、立ちっぱなしで餅作りです。お昼をいただいてまた作り、夕食を軽くいただいて、夜の8～9時頃にでき上がったお餅を、笹の葉に包んで蒸し終わると、寝るのは早くても10時半、遅い時には夜中の2時頃まで作業する日もあります。

冬になれば、この辺は雪がよく積もるので、朝1時間くらい早く起きて雪かきをしなければなりません。普段は、8～9時間くらい睡眠を取るようにしていますが、スーパーに卸す前日は、どうしても5時間くらいになってしまいます。それでもありがたいのは、夜中に一度もお手洗いに起きることもなく、よく眠れることです。

スーパーに納めるのは、笹餅300個だけではなく、さかづき餅の3つ入りが10袋、焼き餅は1つ入って20袋。たくさんなので、スーパーの方が、加工所まで朝から取りに来てくれます。12月から3月は、お店も忙しいというのでこちらから、孫が車で届けてくれています。

「ミサオおばあちゃんの笹餅」は、2個入りの袋が150円で販売されています。この手間で、無添加で。

そのほかにも、近所の方から電話の注文を受けています。お祭りや町のイベント、老人ホームからの注文もありますから、日曜日はお休みということは、ほとんどありません。ここで作業していると、地元の人が、よくお餅の注文に来られます。〝次の日曜日に親戚が集まるんで、60個欲しいんだけど大丈夫か〟とか、〝東京から娘が帰ってきたけど、まだ10個くらい残ってねえか〟といった具合です。地元の注文であれば、ほとんど私が自転車で届けています。

お餅を作らない日でも、山に笹の葉を採りに行ったり、お米の製粉をしたり、冬の間はこしあん作りだけする日もあります。ですから、近くの温泉に行ったり、お出かけの用事でもない限り、毎日、働いています。

蒸し上がったばかりの笹餅。袋に入れられるようになるまで、冷ましておきます。わかりやすいように、縦に10個ずつ並べるのがミサオ流。

餅作りがお仕事になるまで

そもそも本格的に餅作りを始めたのは、地元の保育所の用務員を60歳で定年した1987年のことです。当時の金木町の農協婦人部の加賀谷《かがや》部長さんが、〝今度、婦人部で無人直売所を作るから入ってください〟と声をかけてくれたのです。

私は、〝畑もやっていますけど小さい畑ですから、店に出すほどの野菜は採れないですよ。ただ、お餅や赤飯だったらば、よく作ってきたので出せます〟と申し上げました。すると、〝そういうものを出してほしいから、桑田のおばさんに頼んでいるのよ〟と言ってくれたんです。販売にあたって、調理師の免許が必要でした。でも私、持ってたんですよ。保育所で働き始めてすぐに調理場の手伝いも始めて必要でしたので、取っておいたんです。

お餅作りは、この60歳の時に、改めて母から習い直しました。

その2年後、「清和園《せいわえん》」という特別養護老人ホームに「金曜会」のみなさんと慰問に出かけた時のことです。「金曜会」というのは、小学校の先生をしておられた今《こん》トシさんが、〝週に一度、集まっておしゃべりでもいい、体操でもいいから何かしよう〟と、定年の年に発足した女性の会です。もう亡くなられましたが、素晴らしい方

お餅を捻り、ちぎり、丸める。素早い手の動き。

でした。

その時は、粟餅《あわもち》をたくさん作っていきました。そうしたら当日、代表のトシさんが、ご親戚に不幸があって来られなくなってしまったのです。そこで、急きょ、代わりに私が挨拶をしなければならなくなりました。結局、台に上がることなどできませんでしたが、何とかこう申し上げたのです。

〝私たちは、踊りや歌は、まだ始めたばかりで、みなさんにお見せするようなものはできません。ただ一つ、今日、みなさんに差し上げることができるのは、これです。１２０個の粟餅を持ってきました。あとで食べてくださいね〟と。

すると、前のほうに座っていたおばあちゃんが、涙を流されたのです。胸の奥に迫るものがありました。〝自分たちも作っていたなあ〟と思い出されたのかもしれません。その時、心に決めたのです。

〝ああ、餅っこ一つで涙流してくれるのなら、一生続けよう〟

って。今でも、その時のことを思い出すと、涙が出ます。

以来、老人ホームや障害者の施設、ひとり暮らしのおばあちゃんたちのところに行く時には、必ず土産のお餅を持っていくようにしています。すると、そのおばあちゃんたちが、代わりに布きれや古いセーターをくれます。私がまた、施設に寄付する帽子や小物を作るための材料にしてくださいって。だからみなさんに支えられて、お互いにできることのやりとりができて、餅作りを続けている今があるんです。

夫のパジャマをリメイク。刺《し》しゅうも。

起業、青天《せいてん》の霹靂《へきれき》

2002年のこと、私の餅作りに大きな変化が訪れました。おかげさまで、直売所で売っていた笹餅や赤飯の評判がとてもよくて、この年に地元に開店した大きなスーパーマーケットから声がかかったんです。お客さんの要望がとても多いから、ぜひ店で売らせてくれないかと。

ところが、そうなると、きちんと会社として登録して、保健所の検査もしていなければ、商品として店で取り扱うことはできないと言われました。それが、起業のきっかけです。まさか75歳にもなって起業することになろうとは、想像したこともありません。まさに青天の霹靂でした。

起業といっても何をしたらいいのかわからないので、さっそく五所川原の保健所に相談に行きました。小さな商いですから、株式会社だとか有限会社だとかそんな大袈裟《おおげさ》なことではありません。起業のためには、個人事業主としての登録が必要で、そのためには菓子製造業者の免許と、惣菜《そうざい》製造業者の免許が要るということでした。

その数年前から、別の地元のスーパーにも置いてほしいと頼まれていたので、保健所に相談に行くのは、それが最初ではありませんでした。ちょうど加工所も造る予定だったので、営業のために必要な加工所の条件も、こと細かに伺ってきました。たとえば、流しは3つなければいけないといったことです。そうした条件を息子に伝えながら工事を進めました。井戸の水質チェックも問題ないということでした。工事が終わって保健所の方が検査に来られた時も、この位置に換気扇をつけるようにと指導されたくらいでした。お餅や赤飯作りには、油ものはありません。ですから、とにかく井戸水を流しっぱなしにして、よく洗い、布巾《ふきん》や調理器具は熱湯でしっかり煮沸《しゃふつ》消毒することを徹底しました。保育所で働いていた頃、調理師免許を取っておいたのもよかったようです。子供たち相手ですから、衛生面でも細心の注意を払う習慣がついていました。今でも私があんまり水を流しっぱなしなので、お餅を習いにきた若い人たちは、〝おばちゃん、だめだよ。水道代が高くなるよ〟とすぐ止めるんです。井戸を掘っておいて、本当によかったです。

最初はどうなることかと思いましたが、いざ、手続きを始めてみると、ほぼ1か月ほどで、あっさり営業許可の書類が送られてきました。今は食中毒などのリスクもあるので、起業すれば食品衛生法で保険にも入っておかなければなりません。その手続きは、嫁たちにお願いしたのですが、保健所の窓口に〝代理で来たのですが〟と書類を出すと、〝あっ、笹餅のおばさんだな〟と言われたそうです。〝すごいな、みんな知ってたよ。手続きが早かったはずだ〟と笑っていました。毎年、保健所の検査を受けるだけで、これといった煩わしいこともありません。税金の手続きも全部、自分でやっています。個人の氏名でもよかったのですが、個人事業主の名称をどうしますかと聞かれて、「笹餅屋」という屋号をつくりました。起業といっても私ひとりの小さな商いです。

揺れる車内でも、誰よりも足腰しっかり。みんなが驚きます。

加工所は私のお城

ちょうど加工所を造ろうという時、息子が、実家から自転車で5分くらいのところ、夫の実家が持っていた畑の脇に倉庫を造っていました。せっかくだから、その隣りに台所を造って、とお願いしたんです。

それまでは、息子たちと同居していた実家の台所でお餅を作っていました。実家の台所はもっと広くて、作業する場所もゆったりしていましたけれども夜中まで作業すれば灯《あかり》はつけっぱなしですし、騒音もします。家族が食事する場もないような状態で迷惑をかけていました。別に加工所を造れば、家族にも気がねしなくて済みます。

最初は、息子も反対しましたが、今では私の好きなようにさせてくれています。加工所を造るにあたって、私も400万円、出資しました。無人販売所で15年間稼いだ資金がありましたから。

集落から離れたところで水道も通っていないので、井戸を掘ってちょうだい、とだけお願いしました。ある時、工事中の現場を見にいってみると、大きな櫓《やぐら》を組んでボーリングしています。はじめは200万円でお願いしていました。でも、こんな大がかりな工事をするならとても足りないと、慌ててもう200万円、息子に渡しました。そうしたら、とても良い湧き水が出たんです。この水でお茶を入れるとみんなおいしいって言ってくれますし、お散歩している人からも、よく〝お水、1杯ご馳走して〟と頼まれます。実家で水道水を使って作っている時よりも、お餅もその分、おいしくなりました。

間取りは、10畳の台所と6畳ほどの部屋です。小さな扉を開くと、左手正面に裏庭に面した窓があり、流しとガスコンロが並んでいます。流しの左の壁には伝票や注文表が貼られています。右手には小さな洗面台と、その奥がお手洗いです。台所の真ん中には大きなテーブルがあって、ここで蒸し上がった餅を丸めて笹に包んだり、粉を混ぜたりします。その隅っこで、94歳で他界した夫の写真が見守っています。このテーブルで、三度の食事もいただいています。

奥の6畳の部屋には、ステンレスの大きな台が設《しつら》えてあります。ここでは主に、でき上がった笹餅を並べて袋詰めにする作業をしています。

加工所の周りは、畑と森。車がたまに通るだけ。自然の音しか聞こえません。

最初に、製粉所で米を挽いてもらったら、一俵で8千円もしました。それでは赤字になると、すぐに7万円で小さな製粉機を買いました。粉は、お餅の種類によって挽き方を変えるようにしています。

初めは1週間に一度くらい実家に戻っていましたが、夜中に帰ったりしてかえって心配をかけてしまいます。最初の2年くらいは、翌日販売するお餅を夜中に作っていました。そこで、だんだん加工所にひとりで寝泊まりするようになりました。もともと泊まれるような造りではないので、私の寝室は押入れの上の段です。下の段には、子供たちの手紙やアルバム、手作りの洋服が詰まっています。

少しばかり手狭ですが、年寄りのひとり暮らしなので、何が要るでもありません。これといった不自由もなく、気楽な暮らしです。

近頃はすっかり忙しくなってしまい、実家に帰るのは月に一～二度になりました。淋しいですが、孫が毎日、様子を見にきてくれます。

「ストーブ列車」で餅を車内販売

79歳になった時、次の転機が訪れました。

津軽五所川原駅から津軽中里駅まで20㎞ちょっとの距離を往復する津軽鉄道が、赤字続きで無くなってしまうかもしれないというので、2006年に「ストーブ列車」で話題作りをし、まき返しを図ったのです。12月から3月の冬の間だけ、2台のダルマストーブを焚《た》いておもてなししようというのです。この「ストーブ列車」が人気になって、金木町にも観光客がやってくるようになりました。同じ年に『津鉄応援直売会』というグループが発足して、私たちも地元の農産物やお餅や漬物を車内販売して、ひと肌脱ごうということになったのです。

さすがに80歳にもなるのに、若い人に交じって売るのは気が引けました。

〝別に私でなくてもいいんでない〞と最初は申し上げました。そうしたらみなさんが、〝ぜひ、桑田のおばさんに乗ってもらいたいの〞と言ってくださったんです。

最初は毎日のように乗っていました。その頃は、観光客の方に食べていただくのなら、できたてのお餅のほうが喜んでいただけるだろうと、午前3時頃に起き出して作っていました。保存料も添加物も使いませんからね。でも、その後、何年か研究を続けて、何度もお餅を放置して保存状態を確かめたりするうちに、前日の晩に作っておいても大丈夫だという自信がつきました。それからは、冬ですし、そんなに早起きしません。今は当番制に変えたので、月に1～2回くらい乗らせていただいています。

さて、２００8年2月14日、「ストーブ列車」でのことです。ガイドさんが、〝桑田さんは、今日誕生日なんですよ〞と言ってくださったもので、お客さんまでいっしょになって、みんなでハッピーバースデイの歌を歌ってくれて、それは盛り上がりました。

するとお客さんのひとりが、〃おばさんも歌ってくれ〃と、吉幾三《よしいくぞう》の『津軽平野』をリクエストしたんです。歌謡曲はよく知らないので、『津軽じょんがら節』ならば歌えますと申し上げました。歌い終わるとまた、お客さんが、箸でテーブルを叩《たた》きます。アンコール、アンコールって言うものだから、もう一曲、即興で歌ったんです。〃津軽平野は、お山で飾る。今日のみなさん、手拍子で飾る。私この場を歌っこで飾る〃と。いつも列車の窓から見える岩木山《いわきさん》がきれいだなと思っていましたから。

夫は、有名な三味線奏者の伴奏で歌うほど、歌が上手な人でした。〃三味と太鼓がねば歌わね《ないと歌わない》〃と言うくらいでした。仕事はあまりしなかったけれど、夫は朝から歌ってばかりいました。いつもそれを横で聴いていたので、そんな時にとっさに即興で歌えたのかも知れませんね。

「ストーブ列車」で笹餅を買ってくださったお客さんから、ほかにはどこで買えるのかと、ずいぶんと問い合わせがあったそうです。今でも列車で買っておいしかったからと電話で注文をくださるお客さんがいます。つくづくありがたいなと思います。

「ストーブ列車」での販売。
しとぎ餅をあぶってます。

〝歌うおばあちゃん〟が評判に

津軽鉄道の「ストーブ列車」での販売で、〝歌を歌ってお餅を売るおばあちゃんがいる〟というので評判になりました。車内販売を続けて5年が過ぎた頃、NHKの『ここに技あり』という番組の方たちが取材にやってこられました。この番組が話題になって、県外からも、笹餅が欲しいと連絡をしてこられる方が、一気に増えました。

そして、84歳になった時、農山漁村女性のシニア起業・地域活性化部門で、「農林水産大臣賞」を受賞することになったのです。農林水産省が、毎年、地域のために貢献した農村や山村、漁村の女性たちを表彰するというものです。「ストーブ列車」に誘ってくださったみんなのおかげなのに、私の名前で受賞して申し訳ないような気持ちでした。ところが、受賞式の前日、みんなが直売会の総会に来てほしい、顔を出すだけでもいいからと言うのです。前日のバタバタしている時に困ったなと思って出かけたら、みんなに花束をいただいてね。嬉しかったですよ。翌日、東京の「よみうりホール」での授賞式に向かいました。２０１１年3月10日のことです。

授賞式の後でひとりずつお話する時には、車内販売の時に着るかすりの着物に着替えて、『津軽じょんがら節』を披露したんです。同行してくださった農業普及員さんの、車内販売の雰囲気を再現したほうがいいからという提案でした。歌った後、慌てて楽屋に戻ると、背中から割れんばかりの拍手が聞こえました。てっきり、〝次の方、りっぱなご挨拶されたんだな〟と思っていたんです。そうしたら、

授賞式で歌を披露。

数日後、会場に来てくれた孫が言うには、私が歌った後、司会者の人が、〝ちょうど同じ年頃の田舎の母親を思い出して、涙が止まりません。いま一度、大きな拍手を〟と言ってくださったのだと教えられました。自分への拍手だったとは思いもしませんでした。

その年に受賞された方には、鹿児島で林業女性の会を作って頑張っておられる方から、北海道からいらした方までおられました。懇親会の席も用意されていて、忙しかったですが、夢のような1日でした。

その会場にいらした審査員のひとりが東京家政学院大学の上村協子《うえむらきょうこ》先生でした。上村先生は、審査のために「ストーブ列車」にも乗られ、加工所にもいらっしゃって、冷蔵庫の中まで、たくさん写真を撮って帰られた方です。今でもよくお電話をくださいますが、この上村先生との出会いが、私にある行動に踏み切る勇気を与えてくれることになりました。

2016年、五所川原市褒賞受賞の記念撮影。

被災地に千の笹餅を送ろう！

農林水産大臣賞の授賞式の次の日、あの東日本大震災が起こったのです。東北新幹線で新青森駅に着くと、娘が車で迎えに来てくれていました。その時には、まだ何も起きていませんでした。でも、五所川原で給油しようとすると、停電でできませんでした。そこで、大変なことが起こったと教えられたんです。この辺りも揺れましたが、被害があったわけではありません。同じ東北の、岩手や宮城、福島の何度も繰り返される津波の被害をテレビで観て、これが現実に起こったのだろうかと信じられないような思いでした。不安な1週間の後、上村先生から電話がありました。〝何度も電話をして通じませんでしたが、ご無事ですか？〟と。私は、東京の大学の先生が、こんなおばあちゃんのこと気にかけてくれるんだなと思うとありがたくて、お彼岸の忙しい時期を終えた頃、少しばかりの笹餅と焼き餅を送りました。すると、先生は、それを授業で生徒さんたちに食べさせたそうです。その14人の生徒さんたちみんなから、お礼の絵葉書をいただきました。今でも私の宝物です。

その中の1枚、あるひとりの生徒さんの手紙に、こんなことが書いてありました。

「桑田さんのお餅は、人を幸せにする力があります。

今、東北は大変ですが、こんな時こそ、桑田さんのお餅が、ひとりでも多くの人に届いてほしいと思います。お身体に気をつけて、これからもおいしいお餅を作ってください。ありがとうございました」

地震の後は、食べ物が喉を通りませんでした。具合も悪くて、〝どうしたらいいんだろう。私には、何ができるんだろう〟そう考えると、夜も眠れませんでした。お医者さんに行ったら、〝あるんだよ。地震でうつになること〃とおっしゃるので、報道番組もあんまり観ないようにしていました。それでも被災地のことが気になって仕方がありません。地震の被害こそありませんが、津軽鉄道にもお客さんが来なくなりました。いつも以上に静かな春が終わろうかという頃、この生徒さんたちの手紙を読み返していた私は閃《ひらめ》いたのです。

〃そうだ、私にはお餅がある。お餅ならば作れる！　だったら千羽鶴じゃなくて、千個のお餅を送りたい！〃とそう思ったのです。ところが、どうしたらいいのか、その方法がわからない。そこで上村先生に電話して、お知恵を貸してくださいとお願いしました。

上村先生から、岩手県の久慈《くじ》工業高校、山田《やまだ》高校、高田《たかだ》高校の先生に連絡をとっていただいて、3校で合わせて千個の笹餅を送りました。そうしたら、今度は、その学校の生徒さんたちから、いっぱい手紙が来ました。すべて大切にとってありますが、その中のある男の生徒さんが、「おばあちゃんは、75歳で起業してすごい。僕らは、まだまだ若い。僕たちに希望を与えてくれてありがとう」って書いてくれました。

逆に私のほうが、若い人たちに励まされました。だから頑張って、千個のお餅を3年間送り続けることができたんです。

こうしていただいた手紙を読み返していると、また涙が出てきます。

3年目には、前日に作ったお餅を、高田高校の生徒さんたちに直接届けたこともあります。

震災後に、東京家政学院大学に実演コーナーができた時には、上村先生に招かれて、生徒さんたちに笹餅や赤飯の作り方を数回教えて差し上げました。その時先生に伺ったのですが、被災地の、千個の笹餅を届けられた高校から、〝あのおばあちゃんのような人になりたい〟と言って受験された生徒さんもいらしたそうです。

お金が少し残れば何かできる

「人生80歳からが楽しい」とよく申し上げるのは、80歳になって、自分の中で、焦りというものがなくなったような気がするからです。あれをしなければ、これをしなければ、という焦りが消える。義務だとか、余計な考えがなくなる。それからが楽しいんです。

それに80歳を過ぎたら、家族も、息子も、嫁も、孫たちも、恵みの心で接してくれるようになります。〝おばあちゃん、この洋服、買ってきたから着てみて〟とか、息子も〝おいしい鹿のハムを作ったから食べてみれ〟という具合です。

実家を出て、加工所でひとりで寝泊まりするというわがままも通させてくれています。最初は息子も反対でした。〝ずっと働いてきたんだから、これからは楽をしなさい。ゆっくり休んで旅行にでも行って楽しめばいい〟と言ってくれます。それに、〝自分で小豆も作って、山さ《へ》行って笹の葉まで採ってきて、夜中まで立ちっぱなしで働いて、２つで１５０円で餅売って、いったいなんぼ《いくら》になる？〟というわけです。

でもね。私、別に儲《もう》からなくていいんです。

２０１６年の１年間で作ったお餅を数えてみたら、笹餅だけで５万個を超えていました。井戸水なので水道代は要りませんが、冷凍庫が５台ありますし、灯もつけっぱなしなので、電気代が２万円を超えた月もあります。ガス代もかかります。お米も小豆も買います。売り上げから、そうした経費を引けば、いくらも残りません。儲けは、だいたい40万円でした。

でも、あんまり儲からなくていいから、できるだけお餅も値上げせずに、この値段で続けたいのです。そうすれば、老人ホームに呼ばれて販売しても、高くないから誰でも買えます。少し儲かれば、差し上げる分も持っていくことができます。

もし年金だけで、暮らしていくのに精いっぱいだったら、こういうことはできませんでした。無人直売所ができて、そこで稼いだ15年で、貯金が600万円ほどできたから実現できたことです。お餅や赤飯だけではなく、山のきのこや山菜を採って売って、6万円稼いだ月もあります。そのお金があったから、好きなことができたのです。

笹餅を売って、何とか食べていけて、利益が少し出れば、今度はその分で、ほかの人に何かできます。昔は、子供たちによく、〝うちはお金がないから、友だちが持っているようなものは何も買ってあげられないよ〟と言い聞かせたものです。でも、自分の母のように、自分の手で作れるものは何でも作りました。今は子供たちも育ち、自分のことだけ面倒みればいいのです。だからこれからも、喜んでくださる方々のためにお餅作りを続けたいのです。

上村先生の生徒さんから、送られてきたカードです。この言葉に励まされて、「できることをしよう」と思いました。

ひとりでも、みんなでも

ある時、金木町の広報誌に、当時80歳近い私たち3人の写真が載ったことがあります。

地元の喜良市《きらいち》小学校の子供たちが、消えそうな伝統芸能の〝さなぶり荒馬踊り〟を復活させようと練習していました。すばらしい取り組みだと感激して、古い蚊帳《かや》でその衣装を縫って差し上げました。そうしたら、新しい蚊帳を持ってきてくれた人がいました。教育委員会から中学校の分も頼まれたんです。私ひとりでは手にあまります。〝あんた方の力を借りないとできない〟と知り合いに相談すると、みんな喜んで手伝ってくれました。老人クラブのボランティアです。

私たち3人の写真がその広報誌に載ったのを見て、3人のうち最年配の方の東京の息子さんから電話がかかってきたそうです。〝母さん、おめだぢや、あなたたちは》、いいごとやってるなあ〟と。その人、子供がなくて、妹さんの息子を引き取って大事に育てた方で、〝息子に褒められた〟と涙流して喜んでおられました。私も感動してしまって、いっしょに泣きました。嘉瀬《かせ》中学校は、故郷から遠く離れて暮らしている息子さんの母校でもあったのです。

故郷に尽くすことが、遠く離れた家族まで温かな気持ちにし、そのことで自分たちまで温かな心持ちになりました。

だから、今でも施設を巡ります。地元の障害者の施設では、1年に1度、お餅つき大会をやっています。みんなで30kgのお餅をつくんですよ。そこにも、知り合いに頼んで古いセーターを集めて、1か月半ほどかけて帽子を50個、編んで寄付したりします。デザインもみんな違うのにして。知り合いの畑で大根が余ったって聞いたりすると、〝あそこの施設に持っていくと喜ぶよ〟と、届けに行ったりします。老人ホームなどで、踊ったり歌ったりするボランティアは多いそうですが、お餅やぽん菓子を売ったり、プレゼントしたり、手作りの小物を寄付する私たちのようなやり方は、まだ少ないそうです。

喜良市小学校にももち米を30kg進呈して、お餅つきをしたことがあります。そうしたら、その時に作った赤飯がおいしかったというので、「母の会」から教えてほしいと頼まれました。まだ若い頃でしたから、その時教えたお母さんが、〝今は、孫に赤飯を作るんだ。孫たちが、おばあさんの赤飯が一番おいしいと言ってくれるんだ〟と今でも言われます。

餅作りも、頼まれれば、どなたにでもお教えしています。長年、教わりに来られている方も何人かおられます。若いお母さん方のグループや小学生にも頼まれて、よく教えに行きます。おいしいお餅作りを通じて、みなさんが、身近なところに温かな輪を広げてくださればうれしいです。

［第3章］

今の身体にありがとう

子供の頃から病弱だった

私が90歳になっても元気に働くのを見て、〝ミサオさんは、病気なんか一度もしたことがないんでしょう〟と、みなさんによく言われます。じつは子供の頃から身体が弱かったのです。すぐにお腹をこわしていました。季節の変わり目には決まってお腹が痛くなり、学校も1週間ほど休むので、勉強にもついていけないんです。6歳の時にもひどい腹痛で、3日間も医者に通いました。長く生きないかも、と思われていたそうです。

私が生まれたのは、1927年2月14日、青森県の北津軽郡中里町《なかさとまち》（現在の中泊町《なかどまりまち》）です。兄と姉2人の4人兄弟の末っ子でした。

父が早くに亡くなり、小学校5年の時、母の再婚で喜良市《きらいち》（現在の五所川原市金木町）に移りました。以来、ずっとここで暮らしています。再婚先の桑田家は、男ばかりの4人所帯でした。終戦の翌年、私が19歳で結婚した相手は、その家の3人兄弟の真ん中でした。その夫も、身体が丈夫なほうではありませんでした。

夫は、戦時中、その頃は日本領だったティモール島に配属され、終戦を迎えて最後の引き揚げ船で帰ってきました。周りの若い人たちに〝ミサオは、喜代成《きよなり》と結婚するんだよ〟なんて冷やかされて、当時の私には何も言い返せません。でも、夫は、戦地でマラリアにかかったせいで、帰ってきてからも高熱を出すたびに注射を打ってもらっていました。ひどく痩せていたので、内心、〝この人と結婚してどうするんだべ〟と不安でした。でも、母に打ち明けたら、〝十文の女に三文の男でたくさんよ、男はそういう格を持って生まれてきたんだ〟と言われました。完璧な女でも、そこそこの男でいいんだと。今、思えばずいぶんと男尊女卑な言い分ですが、大勢、戦死して年頃の男の人も少なかったし、そういう時代だったんです。

病弱そうな夫に、〝私も病弱〟だとは言ってられませんね。

翌年に長女が生まれて、22歳で長男を授かりました。長男を産んだ時、私は肋膜炎《ろくまくえん》にかかって死にかけました。産後の肋膜炎で助かる人はいない、なんて言われていた時代です。〝もうすぐ死んでしまうのなら、この子に一生分の愛情を注がねば〟と思いました。肋膜炎だから、吐いて吐いて、食べられない。けれども、ご飯を食べなければお乳も出ないので、1杯のご飯を3度に分けて必死で食べました。当時特効薬とされたペニシリン注射は3000円もしましたが、お金がないんですから、できません。死の瀬戸際から、なんとか助かりました。

どうにか治ったと思ったら、27歳の時には盲腸が化膿《かのう》しそうになって手術をしました。その後もずっとお腹は弱かったですね。

1943年、16歳のミサオさん（一番左)。順に右へ、姉、姪、母、姪、母の再婚相手。

1回の山歩きはリハビリ10回分

足腰は丈夫だと思われているので、あまり信じてもらえないのですが、50代の頃には足腰を痛めて、病院通いしてたんです。そうしたら、営林署時代の知人にばったり出会ったんです。その人が〝おばさん、おめで《あなた》も悪いどこ《ところ》あるんだな〟と笑って、リハビリの先生にも〝桑田さんは山歩くんでなくて、飛んでんだよ〟と言ってからかうんです。

その先生に、こう言われたんです。

〝桑田さんは、ここさ来るこたねえ。山歩きは、ここさ10回来た分の効力があるんだで〟と。山の土は、ふかふかして弾力があるでしょう。それがものすごく身体にいいんですよと教えてくれました。

77歳の時、道路ですれ違った車を避けようとして自転車で転んで膝の半月板が割れて、2～3か月入院しました。退院後、腰はだいぶん良くなりましたが、どうも調子が悪いので、雫石《しずくいし》のリハビリ病院に通ったくらいです。ふと、山の話を思い出しました。病院に通えばお金もかかるし、山を歩いたほうが10倍いい。それからはリハビリを兼ねて山を歩くことにしたんです。

山はいいですよ、いつでも小鳥の声がしているんです。キジも何度か見かけましたが、必ず2羽でいますけど、あれ夫婦なんですね。一度、山の奥まで沢を登っていったら、大きな岩のところにツツジがすだれのように咲き乱れていました。あんまりきれいなので見とれていると、小鳥のさえずる声を聴くうちにうとうとしてしまったこともあります。〝岩肌にすだれのごとく咲き乱れ　ことりのさえずり子守歌かな〟と、これはその時、頭に浮かんだ歌です。歌なんてものではなくて、ただ頭に浮かんだ言葉を書き留めておいただけのものですけどね。

悲しいことや疲れるようなことがあっても、山で小鳥のさえずりを聴いていると、心が晴れ晴れとして、元気になってしまうんです。腰が痛い時には、歩かないようにしていますが、春から秋にかけては、お天気さえ良ければ、山には毎日のように行きます。そして少なくとも2〜3時間は歩くようにしています。けれども、別に健康のためだと意識して歩くことはないんです。笹の葉を集めるのに、山に入りますし、春には山菜採り、秋になればきのこ狩りで夢中になって採りますから。

そんなふうにして楽しみながら、いつも山で、リハビリ10回分をこなしているわけです。

冬には、近くの温泉まで歩いていくようにしています。スキーのストックを持って歩くんです。金木山の裾野ですから、いいお湯があるんです。3㎞くらい離れているんですが、雪の降る日に温泉までひとりで歩いているものだから、知り合いが車で通りかかると、〝ミサオさん、湯っこさ行ぐの？〃とみなさん、車で送ってくださるんです。ご親切で声かけてくださる方に、〃運動のために歩いてんだ〃なんて言えないでしょう。でも雪の中を45分も歩くと、身体がポカポカしてくるんですよ。それから、朝の雪かきも毎朝、自分でやっています。息子が心配して、〃雪飛ばしに来るからやらなくていいよ〃と言ってくれますが、全部、自分で済ませています。冬は山にも行けませんし、ちょうどいい運動なのです。

笹餅にちょうどいい大きさ・色の笹を探して、藪《やぶ》にも入る。

1年分の笹を、ひとりで採る

今でも実験のために、奥の作業台の上に笹餅を放置してみますが、4、5日は平気です。ある時、弘前のスーパーの方が、「3月に3週間も放置しておいたのに、硬くはなっても温めたら大丈夫だった」と驚いていました。笹にお餅を包むのは、笹の葉には、お弁当に入れる南天やおにぎりを包む竹の皮のように、殺菌力があることを知っていた昔の人たちの知恵です。

その笹の葉も自分で山に採りにいきます。1年で5万個のお餅を作れば、笹の葉だって5万枚要るわけで、これも大仕事です。私の背より高い藪《やぶ》にも入りますし、山では蜂が飛び出してくるので重装備です。首まで隠れる日よけ帽に顔も網で覆い、ビニール生地のジャンパーにズボン、厚いゴム手袋に長靴という姿です。笹の若葉が採れる6月から10月半ばまで、天気さえ良ければ、毎日のように山に入ります。私にはかなり大きめですが、長年乗り慣れた自転車で、山に出かけることもあります。

この辺の笹は5種類ありますが、幅があって長くて、お餅を包みやすい形の笹は3種類。それもできるだけ薄くて柔らかなもの、虫食いのない葉だけを選びます。道路のそばは、業者に売る人に採られてしまっていることが多いので、どうしても奥へ奥へと入ることになります。この辺は、一応、熊は

笹は重ねて、本日のノルマに達しているか数える。

いないと言われていますが…。

大きな木や蔓《つる》の下などは、雨に濡れていないきれいな葉が見つかります。長年の慣れで、瞬時にいい葉が見えるので、両手で採って、腰に巻いた藍染の前掛けのポケットにどんどん入れていきます。1日で千枚、さらにもっと採る日もあるんですよ。笹の葉は、夏にたくさん集めておいて、きれいに洗って、冷凍保存しておきます。秋になると、縁の部分が茶色に枯れた葉が増えてきますが、わずかであれば、ハサミで切ってから使います。

孫もよく手伝ってくれますが、それは、大変なのをよく知っているからです。〝笹は採らねばならないし、うちのおばあちゃんだから笹餅作りができるんだ〟と言ってくれます。笹餅作りを教えている方のひとりが、市販の笹を買ったら10枚で300円もしたそうです。もし、私が笹を買っていたら、材料費がうんと高くなってしまい、とても安くは売れないでしょう。孫たちは、それをよくわかっているのです。

道のそばにも笹藪はあるが、「笹が売れる」というので、採られてしまっていることが多い。笹がありそうな藪の奥まで入っていかなければ、いい葉が採れない。

27kgの米袋を持てるということ

お餅作りには、長年の慣れと技、そしてまごころが大切ですが、何もかもひとりで作るということは、何よりも力仕事なんです。

蒸し上がった2kgのお餅を、蒸し布ごと抱えて、平皿に広げる時も、水を入れた大きな蒸し器を抱えるのも、みんな力仕事です。それに短い食事の時間以外は、ずっと立ちっぱなし作業です。何よりも、奥の倉庫から27kgの米袋を、製粉機まで運んでこなければなりません。よく疲れませんかと言われますが、疲れたなと思ったら、早く寝るようにしています。でも、嫌だなとか、飽きたなと思ったことは一度もありません。毎日、少しでもおいしく、少しでも喜んでいただけるものが作りたいと、そう思って作っているので、楽しいのです。けれども、一つだけ決めていることがあります。この米袋が自分で持ち上げられなくなったら、笹餅作りは、きっぱりやめようということです。

それでも、90歳の小柄なおばあさんが、米袋を抱えていると、みなさん、びっくりされます。〝ひやあ、力持ちだね〞と。ある雑誌には、スーパーおばあちゃんなんて書かれたこともあります。

子供の頃は病弱だったのですが、若い頃から必要に迫られて、いろいろな仕事をしてきたから、気がついたら少しずつ体力がついていたんです。

夫は身体が弱かったので、あまり働けませんでした。そもそも、夫の給料袋を見たことがないのです。だから大変でした。27歳から10年間は、私も、弘前《ひろさき》大学付属の金木農場で働きました。最初は田植えや稲刈りをして、最後の4年は畜産課で、牛の餌《えさ》やりから乳搾《ちちしぼ》りまで何でもやりました。冬場は仕事が暇になるので、編み物の注文を受けます。私の手編みのセーターは、人気だったんですよ。これから成長する子供の場合には、大きくなっても裾が5㎝くらい伸ばせるように細工してあげたりするので、指名がかかったりして、徹夜で作ることもしょっちゅうでした。でも、子供たちもだんだんお金がかかるようになったので、近くに保育所ができると、その用務員として働き始めました。そちらのほうが、給料も少し高かったからです。そこに24年間、勤めたんです。その間も、編み物の内職は続けていました。思えば、働きづめでしたが、やっぱりそのおかげで体力がついたのでしょうね。

定年後も、地元の小学校で人が足りないから、〝おばさん、運動会に出てくれない〟と頼まれたことがあります。地域対抗のリレーです。小さいけど、走るのは得意なほうで、私が思いっきり飛ばしたもので、校庭中が大声援でした。

今でも、自転車に乗って8㎞先の山にでも出かけるんですよ。私には、かなり大きな年代物の自転車ですが、もう30年以上使っているから慣れているんです。自分で、ご近所のお客さんたちにお餅を届ける時も、この自転車が大活躍しています。

自分よりかなり大きい自転車に片足かけてくいくいっと乗る。
この辺りは、「地吹雪ツアー」で有名なくらい風が強い。
でも、向かい風にも負けずに、力強くこいでいく。

湯気に当たること

近頃は、県外からもいろいろな若い方が、加工所に来られるようになりました。そして、〝ミサオさんは、畑仕事をして、山にもよく出かけているのに、シミがなくって、お肌がツヤツヤですね〞と言われます。自分ではあんまりそう思ったことがないんですけどね。

もともと津軽は、日照時間も短いですし、冬の寒さの厳しい地方ですから、冷たい空気に触れて、肌もきゅっとしまります。色白で、肌のきめがこまかな人が多い地域だと言われ

餅作りの基本は蒸し。寒いほどに湯気が出る。

ています。さすがに90歳のおばあちゃんですから、笑えばシワだらけです。でも、自分でも朝から鏡を見て血色がいいなと思うことはあります。考えてみれば、この地元でいつも澄んだ空気を吸っているからでしょうし、おいしい湧き水のおかげでもあるでしょう。普段、この辺で採れたものばかり食べていることもいいのかもしれません。

これも、お客さんに言われて思い当たったことですが、お餅作りで四六時中、湯気に当たっていることもいいのだろうと思うのです。小豆を煮たり、笹餅を蒸したり、ずっとしているでしょう。常に乾燥せずに、蒸気に触れているわけですから、肌にも身体にも効きそうです。蒸し上がった笹餅の蒸し器の蓋を開くと、それは香ばしい湯気が部屋中に広がります。笹の葉には、血をきれいにする力があるというので、お茶にしていただく地域もあります。だから、その蒸気を毎日、浴びていることも悪いはずがありません。

それに、子供の頃はお腹が弱くて小豆を使ったお餅はほとんど食べられなかったんです。でも今は、味見のために、笹餅を作ったら必ず1個食べています。小豆には、食物繊維やビタミン、鉄分だけではなくて、たんぱく質も卵や肉のようにたくさん含まれているんです。今、流行《はや》りの若さを保つという成分（ポリフェノール）だって豊富なのだそうです。鉄が足りないとお医者さんに言われている私が、こうして頑張れているのも、季節の節目ごとに、子供たちの健康を願って食べさせた伝統のお菓子のおかげかもしれませんね。

［第4章］

母に、家族に ありがとう

母の教えが今を支える

90歳になった今も、食べるものはほとんど自分で作ります。古くなったセーターを解いて帽子を編んだり、「ストーブ列車」やイベントで着るかすりの制服も自分たちで作ります。夫のパジャマが2着、穴も空いていなかったので、リサイクルしました。ボタンを付け替えて、花の刺しゅうをして女ものにして、私が着ています。普段、私が着ているセーターやニットの帽子、ジャケットなんかもみんな手作りです。

何でもすぐに捨ててしまうのは、ダメですね。普段から、捨てるものはできるだけなくそうと心がけています。そうやって工夫すれば、買うものも少しでいいでしょう。こうして何でも手作りすること、笹餅作り、ボランティア、今、私がやっていることは、すべて母の教えだと思っています。

物心ついた時には、姉たちは子守り奉公から、そのまま働きに出ていましたし、兄もとっくに家を出て働いていました。兄は14歳年上でしたから、私にとっては半分父親代わりで、兄が休暇をもらって戻ってくると、肩車してもらうのが大好きでした。本当に嬉しかったです。2番目の姉より6つ下だったので、物心ついてからはずっと、私と母と2人でした。

父は私が母のお腹の中にいる時に亡くなりました。旧家の跡取りで、働いてないのに、外に出れば誰かれとなくご馳走して、すっからかんになって、朝帰宅する。その空になった財布を仏壇に供えて〝今日もつつがなく過ごせました〟なんて阿弥陀《あみだ》様に手を合わせるような人だったそうです。

母は、そんな話をまるで自慢話でもするように語るんです。私の夫が、製材所で働いていた時、〝吹雪でかへげねはんで《かせげないから》〟、何だか働く気がしないといってお昼に帰ってきちゃうんです。生活がかかっているのに困った人だなと思いましたが、父の話を思い出して、朝から人に食べさせたりしてお金を遣っていた父に比べれば、まだいいかと考え直したものです。

　それでも女手一つで4人の子を育てるのは、並大抵の苦労ではなかったと思います。私がまだ赤ん坊の頃、樺太《からふと》に飯場《はんば》の炊き出しの仕事があるというので、青森港から船に乗って出稼ぎに行ったそうです。女ひとりで子供を抱えて大変だろうと思ったのでしょうね。船長さんから、〝末の子をひとり、子供のない夫婦に譲ってあげないか〟と相談されたそうです。母は、〝わが子を手放すために、わざわざ遠くまでやってきたんじゃない〟ときっぱり断ったそうです。〝なんぼ幸せにしてあげると言われても、それだけはできなかった〟と言っていました。

　母の実家も品の良い家でした。母の姉がいた中里の実家に、私をよく連れていってくれました。その母の姉が、姉妹同士で、〝よくよくございま《いらっしゃ》して《って》、お久しゅうおす《ぶりでございます》〟と手をついてあいさつするのに、子供心にびっくりしたものです。夏休みなどは、よく母の兄弟たちの家に預けられていましたが、私のことを本当の子供のようにかわいがってくれました。

母は、田植えや稲刈りといった農家の手伝いをして私たちを育ててくれました。仕事はすごく上手で、また一生懸命に働くから評判もよかったようです。

私がお腹をこわして学校を休んだ時は、その仕事を休んで、和裁の仕事をしていました。何でも自分の手仕事でゼロから作って、家族を支えてきたのです。着物は、羽織袴《はおりはかま》でも何でも縫えましたし、

浴衣の生地に刺しゅうして、娘が仕立てたジャケット。自分の着る服は、買わずに手作り。

私が小学校5年くらいまではお蒲団《ふとん》も作っていました。

手仕事は何でも母に習いましたが、学校を休んでいる間、母の着物作りを見よう見真似で手伝い始めたのが最初です。母に、〝針に糸を通してちょうだい〟と頼まれるんです。嬉しかったから、何本でも通しました。6年生の頃、1年間、姉の家で子守りをして、1歳の甥《おい》っ子に浴衣を縫ってあげたのを覚えています。まだ子供だからうまくできなかったんですが、母は、〝上手だね、でもこうすれば、もっとよくなるよ〟というふうに指導してくれました。教え上手でした。

料理も得意でした。最初に母といっしょにお餅を作ったのは、6歳の時、お正月のお供えのお餅の手伝いです。小さかったのでそう感じたのでしょうが、大きなヘラを両手で持って、あんをかき混ぜた時の感触を、今でもよく覚えています。

たまに手伝ってもらう須崎《すざき》美都里《みどり》さんと。
培ったことは、若い人たちに伝えていきたい。

死に際も、静かでした

母はとても気の強い人でしたが、その母に一度も怒られた記憶がないんです。それでもたった一度だけ、たしなめられたことがあります。肋膜炎を患った後もしばらく体調が優れないので、上の娘が8歳の時、母が心配して様子を見にきてくれました。その時、何の気なしに母にぼやいたんです。

〝わらはんど育てるの、なんぼうだ、でばな〟

子供を育てるのは、本当にしんどいなあ、と。そうしたら、その時だけは、母が厳しい表情を見せました。

〝おめ、なにもんだ。おんなひとりで4人の子供を育でだけれど、一度もうだ、でと思ったことないよ〟

お前は何者なんだ。私は4人の子を育ててきたけど、一度だって嫌だと思ったことはない、と。

つらいこともたくさんあったでしょうが、母はいつも明るい人で、周りには友だちがいました。たしなめられて、はっとしました。以来、愚痴《ぐち》るのはやめました。結婚して、子供を育てること、愛情の注ぎ方にしても、親の姿を見て子は育つといいますが、本当にその通りだと思います。

母は、60代で子宮頸《しきゅうけい》がんにかかり、余命半年と言われましたが、放射線の治療で完治しました。それからも、畑仕事はずっと続けていました。人間、何かできる間は働いていたほうがいいんですね。

おかげさまで認知症になることもなく、山できのこを採ったり、料理をしたり、楽しそうに過ごしていました。

他界したのは85歳の時です。病院で息を引き取った日の晩、私には何かが違って見えたので、姉に「ちょっと様子がおかしくない？」と言うと、「お粥《かゆ》さんも食べたし、いつも通りだったよ」と答えました。その夜、ほとんど苦しむこともなく、静かに息を引き取りました。

その時、幼い頃に聴いた母の言葉を思い出しました。父が亡くなる時、母に「眠るから起こさないでくれ」と言って、そのまま息を引き取ったんだそうです。その時、母はこう言っていました。〝こんな死に方だば《だと》、誰も困ったって言わね。極楽にまっすぐ行ったんだよ〟と。

地域の霊園は、とても気持ちのよい散歩先。しばしば墓参りをします。
春と秋のお彼岸には、団子をお供え。忙しくて行けなくても、孫たちが必ず生花を用意して、お墓に行ってくれます。「桑田家の習わし」と大事にしてくれるのがありがたいのです。

〝十本の指は、黄金《こがね》の山〟

そんな母が、私によく言った言葉が、〝十本の指は、黄金の山だ〟ということです。〝この指さえ動かしていれば、お金に不自由することもない。だから、何でも作れるものは、覚えておきなさい〟と。

ものを作る時は、何にも考えないでしょう。一心になれる。それがいいんです。

小さい頃に教わったこと、ありがたいなと思います。自分が食べるもの、自分が着るもの、自分が使う道具は、できるだけ自分で作る。そういう時代だったということもあります。それに何でもお金を出せば買える便利な時代の今の子供たちに、私たちが生活してきたようにやれと言っても難しいでしょうが、ただ手仕事の大切さだけは伝えたいですね。

私は、畑で野菜や豆を作ることも60歳から始めました。もちろん、それまでも弘前大学の試験場などで畑仕事の手伝いはしてきました。けれども自分の畑を持ったのは、その時が初めてです。ちょうどその頃、夫の実家のおばさんに〝畑と話できなくてはだめだ。畑の声が聞こえねば〟と言われたんです。

〝畑の声が聞こえるようになるまで、どのくらいかかるの？〟

と訊《たず》ねたら、

〝水が欲しい。肥料が欲しい、っ

手はちゃんと、大きさがわかる。熱くても大丈夫。手がおいしくする。

て聞こえるまでには、10年かかるな〞

と言われました。

それを聞いて、10年ならば70歳、70歳で畑の声が聞こえるようになるのなら、ぜひ、やってみようと思ったわけです。

今でも私が続けているお餅作りも、人様に売るために本格的に始めたのは、60歳になって定年してからです。そして、試行錯誤をした結果、自分なりの方法で作ってみて、売ってもいいと納得できる笹餅ができたのは、65歳の頃でした。何事も10年頑張れば、それなりの結果が出ます。そして、私は、畑仕事も餅作りも、もう30年が経ってしまいました。今もずっと、もっとおいしくするには何か方法はないかと、そればかり考えていますが、それが生きがいなのです。

私は小学校しか出ていませんから、やれることといえば手仕事くらいです。自分の手を使って働き、新しいことに挑戦するのに、迷いはありませんでした。

定年して、何をしたらいいのかと迷っている人も多いでしょう。よく、こんな年になって新しいことを始めるなんて、と言う方もいます。でもどうか、自分でこれはできない、いい年をしてこんなことをしては恥ずかしいなどと決めつけないでください。悩んだりするくらいならば、思いきって新しいことに挑戦してみてください。そのことが、後半生をいかに楽しくしてくれるか、今の私には、そのことだけは自信を持って言えます。

神さま仏さまの助け

2015年から、4月に2週間ほど休むことにしました。少し余ったお金を全部使って、四国の八十八か所巡りに行っています。

夫の供養ということもありますし、嫁の体調が良くなりますようにというお願いもあります。数年前に嫁が倒れて、今もリハビリ中で、これからはもっと私がしっかりしなければと肝に銘じたのです。

でも、それだけではありません。死というものを考えてみようと思っています。空海《くうかい》さんが、死というものをどう考えていたのか。ずっとそばに寄り添って、いろんな人をずっと助けてくださっていることはわかってきたのですが、一度目はついていくのに精いっぱいで、ガイドさんのお話はあまり頭に入りませんでした。でも二度目は、話の上手な人だったこともあって、よく話が聴けました。2018年、また行ってみようと思っています。お遍路さんは、私たちのようにバスで回る団体もいれば、単独で歩いて回る人もいる。外人さんもいます。会食の時も〝一粒の米にも万人の労苦を想え、一滴の水にも天地の御徳に感謝して、いただきます〟なんていいことをガイドさんが言うんです。

母は神さまも仏さまも信じていた人でしたから、その影響もあるでしょう。誰しも病気になったり、いろいろなことがあって、誰かに頼りたい、何かにすがりつきたいってことはあるんですよ。家庭においても、もやもやとすることも何度もあります。自分自身で考えられなくなることもあります。でも、そんな時は、相手ももっと苦しい思いをします。夫も、あまり仕事もせずに歌ばかり歌っていましたが、体調もすぐれず、苦しい思いをしたのだろうと思います。だから子供たちの前では、一度も喧嘩《けんか》したことはありません。

津軽の信心は深い

そういえば不思議なことがありました。夫が、60歳でメニエール病にかかって3か月入院した時、私は、入院先の弘前の大学病院から早朝の電車に1時間も乗って、仕事場の保育所に通ったんです。夫は長いこと製材所に勤めていたせいか、どうも耳がかなり悪くなっていたようです。二度目の手術の時、夫が、〝湯《ゆ》の沢《さわ》に行って、地蔵さまに願かけてちょうだい〟と言い出したのです。湯の沢というのは、喜良市の小田川《おだがわ》にある、地蔵寺《じぞうじ》のことです。ここのお地蔵様が子供を守り、病気退散の力があると信じられているのです。

もう一心不乱でした。寺に泊まって、朝と夜の1日2回、身体に水をかけて願をかけるんです。仕事をしながらでしたから、身体が大変だったんでしょう。ある時、ふと鏡を見たら、顔がくしゃくしゃで目もかすんでいました。お金の余裕もないけれど時間もない。そんな暮らしのせいか、夢を見たんです。

ある晩のこと、夢の中で製材所が見えました。木くずが積んであって、そこに何十匹もネズミがいる。ところが、私がそこに手を当てると、ふっとみんな消えてしまったんです。翌日、湯の沢でいつも拝んでるおばあさんに、その夢の話をすると、〝手術をしたら完

芦野公園の白樺の林と赤い鳥居。深呼吸したくなる、おいしい空気。

全に良くなるよ〃とそう言ってくれたんです。信心ってものはこういうものなんだな、と思いました。夫は、その後94歳まで生きましたから。だから夫のことで、こうすればよかったと悔やむことは何もありません。安心もしましたし、夢も見ません。いい往生したんだろうなあと信じています。

加工所の前の桜は、夫が植えた八重桜です。私たちのことを見守ってくれているのでしょうか。雪が積もった時には雪桜になって、それはそれはきれいです。

〃植主《うえぬし》は、浄土参《じょうどまい》りと去りゆけど
我を和《なご》ます　雪桜《ゆきざくら》かな〃

御仏《みほとけ》というものは、自分自身にあるのではないでしょうか。いくら信仰しても、不平不満を抱えているような心では、救われないんじゃないかと思うのです。どこのお寺、どこの神仏ということではなくて、大切なのは自分自身です。物事は、自分の受けとり方一つで、何とでもとれます。不安や怒りを感じる時には、自分が今も未完成なのでこういう気持ちになるんだなと考えるようにしています。

90歳になった今は、いろいろな執着や余計な考えから、また少し自由になれたような気がしています。あるのはただ感謝の心です。

夫・喜代成と。

津軽のみなさまのおかげです

私は、この津軽の地元が大好きです。

本当に人情味があるんです。

よその町の人に、〝笹餅を作っているおばあさんのところはどこですか？〟と訊《き》かれると、地元の人が車で、その人をここまで連れてきてくれるんです。この前も、坂道を自転車で登っていて、ふっと軽くなったと振り向いたら、若い人が後ろから押してくれていました。そういうことはしょっちゅうです。

笹採りも、近頃は、笹の葉が売れるので採りに来る人が増えて競争です。困っていたら、タバコを栽培している人やお肉屋さんが、〝あそこにいけばいい笹が生えているよ〟と教えてくれるのです。みんな気にかけてくださるんです。だからできるだけ地元のお祭りやイベントにも参加したいんです。それでも、どうしても身の空かない時もあります。すると知り合いの佐藤イネ子さんたちが、いつも手伝ってくれるんです。イベントのたびに声をかけてくださって、私が行けない時も、お餅を取りに来てくれて、会場で販売して、その売り上げまで届けてくださるんです。参加できる時には、送り迎えまでしてくださるんです。

私がひとりで大変だろうと思うのでしょうね。加工所にやってきて、いっしょにお餅作りを手伝ってくれる若い人たちもいます。そうやって、みなさんに支えられているんです。

そして、いつもいつも感謝しているのは家族です。ひとりで暮らしているので心配だろうと思います。息子や嫁も、これを作った、おいしいものをいただいたと言っては届けてくれます。この加工所も、私が夜中に転ばないように足元に小さな灯をつけてくれたり、あれこれ気を配ってくれています。五所川原の役場やなんかに用事がある時は、電話をしたら、すぐ車で連れていってくれます。冬でも、私が無理をしないかと心配して、雪かきを手伝いに来てくれるんです。

孫は毎朝、仕事に行く前に顔を見に来てくれます。私もお弁当を作って待っているんです。この前も、友だちと笹の葉採りを手伝ってくれました。スーパーが忙しい冬の間は、週に2回の笹餅を、届けてくれています。別の孫も、仕事がお休みの日に、車で遊びに連れていってくれたり、洋服を買ってくれたり、食べ物を届けてくれたり、いつもいつも気にかけてくれるのです。遠くの孫も毎日のように電話してくれます。

そんな地元のみなさんや家族の支えがなければ、笹餅作りも続けることはできませんでした。だから、これからはますます地元を大切にしていきたいなと思っています。

［第5章］

津軽の実りにありがとう

身の回りで採れたものばかり

私ね、料理をするために、ほとんど何も買わないですよ。買わなくても冷蔵庫と冷凍庫に何でも入っているんです。加工所の裏に小さな畑を持っていますし、近所の人たちからも、いつもいただいてばかりです。山に入れば山菜やきのこも採ってきます。でも食べきれないので、みんな冷凍したり、保存食にして取っておくんです。

小豆の花を見たことがありますか？　毎年6月下旬から、小豆は赤いのに、黄色い可愛らしい花を咲かせるんです。小豆の他にも、大豆、じゃがいも、かぼちゃ、大根、ねぎなんかも植えています。みょうがやしそも自分で食べる分を作っています。津軽は自然が豊かで、農業も漁業もさかんなところです。山の湧き水もおいしいから、ここで育つものはみんなおいしいんです。

近所の方や孫たちも、いろいろなものを持ってきてくれます。この前もりっぱなアスパラガスやえごまをいただきました。息子も料理が上手で、自分で狩猟した鹿肉で、ハムを作って持ってきてくれます。鹿肉や猪肉《ししにく》、山菜といった野山で採れるようなものが私は大好きなんです。

私も採りますよ。山に行けば、春には山菜をいっぱい、日に何度も採ります。フキノトウ、ツクシ、セリ、フキ、ミズ、ワラビ、ゼンマイ、根曲《ねまがり》竹《だけ》……。ワラビって摘めば摘むほど、また出てくるんですよ。楽しくって、お昼までワラビ採りして、戻って塩をして、また午後も山に行ったりする日もあります。

秋は、なら茸《たけ》にひら茸《たけ》。倒れたならの木が3年経つと、なら茸がよくつくんです。採れなくなるまで7年。きのこ狩りは、直売所の頃から、地元でも〝ミサオさんに山さ連れていってもらえば確実だ〟と言われたくらい

作業中は、水と火の間を行ったり来たり。待ちの間も座ることがない。

[身の回りで採れるもの]

1ミズときゅうりの漬け物　春の山菜・ミズ。シャクシャクの食感。2春に採った根曲竹を瓶詰めで保存。味噌汁や煮物に。3しい茸がたくさん採れたら、干して保存。4大根　加工所の回りの畑で野菜栽培。5ワラビの一本漬　大きくなりすぎない若いワラビを摘み、1年で食べる用は、強めの塩で塩漬けに。生で使う時は、ひたひたの湯に重曹を少し入れ一昼夜浸けて、アク抜きした後、辛子醤油で漬ける。シャキシャキとした食感が残るミサオさんの一本漬けは絶品。6枝豆　漬物にも。

得意です。山に行くようになったのも、年をとってからの母のきのこ狩りに付き添ったのが、きっかけでした。保育所に勤めていた頃、同僚に頼まれて7㎞くらい先の山奥にいっしょに入ったら、そこに笠が開き切らないくらいのなら茸が、採っても採ってもなくならないくらい、たくさん生えていたんです。〝ミサオさん、私、汗かいてきのこ狩りしたのは初めてよ〟と同僚にもそれは喜ばれました。

得意だからたくさん採ることも多いんですが、とても食べきれないので人に配るんです。そうしたら、またお返しに何か別のものをいただいたりする。この辺は、そういう昔ながらの物々交換が今でもさかんなのです。

ずっと何も買わないでいると、少したんぱく質が足りないので、時々、魚や肉だけは買います。年をとると筋肉が落ちていくので、たんぱく質はきちんと取るようにしています。お肉は大好きだから、食べたくなったらお肉屋さんに持ってきてもらうことも、たまにあります。

津軽は魚介類もおいしいです。鮪《まぐろ》、帆立《ほたて》、はたはた、さんま、大きな鰤《ぶり》などをいただいても、とても一度には食べきれません。全部、冷凍したり、干して取っておくんです。名物の十三湖《じゅうさんこ》のしじみも好きなので、夏の旬の時期にまとめて買って、冷凍庫に保管しています。

倉庫の冷凍庫は、あんや笹の葉だけじゃなくて、そうやって何でも入れておくので、気がついたら5台に増えていました。

加工所から1分歩けば、畑がある。

レシピ通りより、自分なりの調合

昔、金木農場の畑で働いていた頃、先生たちがバターやハムを作っていました。その頃は珍しかったこともあって、おいしいなあ、どうやって作るのだろう？　と夢中になって、先生に教えてくださいと頼みました。そうしたら先生が、〝莫大なお金がかかっているんだから、簡単には教えられないなあ〟と言うのです。失礼なことをしてしまったなと、翌日、謝るとその先生も、昨日はどうもと謝られた。それから何日かしてから、こうおっしゃられたんです。

〝桑田さんや、料理というものはスパイスだよ。このハムには、気づかないけれどしょうがも入っているんだ。すぐに何が入っているとわかるのではなくて、料理というものは、いろいろな自分なりのスパイスを調合して、自分の味を作るようにしなければダメだよ〞とそう教えてくれたのです。

その言葉が、今でも私の料理のヒントになっています。誰かのレシピ通りではつまらないですね。

私は小学校しか出てないので、わからないことがあれば、相手が偉い先生でも、たとえ初歩的なことでも、何でも訊くようにしています。遠慮というものがないの。小さい頃から母親に、わからないことがあったら何でも訊きなさいと、

冷凍庫には、餅作り用のこしあんと、食材が詰まっている。

そう教えられていましたから。

だから私は、今でも、料理の仕方で疑問に思ったこと、新しい料理のこと、何でも人に訊ねます。そして、少しでもおいしいもの、少しでも喜ばれるものを作るには、どうしたらいいのだろうと、いつもそればかり考えています。

定年後も、常光寺《じょうこうじ》というお寺さんでご飯の支度をして働きました。ある時、たったひとりで作ることになったので、仏様にお供えするのは花が何よりだなと、野菜を花の形にして、花のお供え膳を作ってみたのです。そうしたら、あまりにおいしくて檀家《だんか》の人が全部食べてしまった、と言われました。精進料理ですし、お寺の料理は一物全体、何も無駄にしないお料理です。この3年間も、その後の食生活にとって、いい勉強になりました。

普段はお餅を作っているので、自分の食べるものは、できるだけ手早く作ります。一方で作業をしながら、効率のよいながら料理も多いですよ。

急ぐからといって炒め物も強火にせず、中火にします。火を止め、蓋をして余熱で調理するんです。また、ご飯は、朝にまとめて土鍋で炊きますが、昼と夜の分は、お餅の蒸し器の蓋の上にのせてついでに温めます。

寒い季節には、ストーブの上でゆっくりと焼き物をしたり、スープや汁物を作ったりします。知り合いが来れば、必ずご飯をご馳走します。忙しいですが、三度の食事だけは、ひとりでも必ず食べるようにしています。

何も無駄にしない保存の技

友だちが長いもをたくさん送ってくれた時には、やっぱり食べきれないから干して粉にしておきました。うちには製粉機があるので、畑の大豆やかぼちゃ、いただいたとうもろこしなんかも全部干して、粉にして保存しておくんです。これをとろみがつくまで牛乳とよく混ぜて、玉ねぎのようなだしの出る野菜を加えてスープにすると、おいしいですよ。

それから青森の郷土料理で、がっぱら餅をご存知ですか？　もともとは、余った前日のご飯のリサイクル料理だそうです。ご飯の粒はそのままで、これに卵や小麦粉を入れて焼いたそう。私は、米粉にかぼちゃ粉や長いも粉も混ぜて我流でいろいろ作ってみるんです。地元のくるみを入れたり、彩りに青大豆を入れたり。朝仕込んでおいて、ストーブの上でゆっくり焼くんです。冷蔵庫にあるもの、何を入れてもいいんです。

保存食の代表は漬物です。たくさん採れたものや間引きした野菜は、何でも漬物にします。夏にいっぱい採れるみょうがや間引きした大根は、しそで甘酢漬けにしています。しそは血のめぐりを良くしてくれますし、色味もきれいだから食欲が出るでしょう。知り合いから40kg買った青梅も、種を取って10か月ほどしそに漬け込んだら食べ頃です。

野菜だけじゃなくて、山菜なんかも漬物にしたり、味噌漬けにします。私の一本漬けはおいしいですよ。大きくなりすぎない若いワラビを摘んできます。その日のうちに、湯をひたひたにして重曹を少し入れ、一昼夜漬けておくとアクが抜けます。翌日洗って、ちょっとのお醬油と唐辛子で漬けるんです。去年も大きな樽《たる》に2つも漬けたんですが、みなさん、おいしいと喜んでくださるので、自分でいくらも食べないうちに、ほとんど配ってしまいました。1年保存するワラビは、たっぷりの塩で漬けておきます。

鹿肉や大豆なども、ご飯のおかずになりそうな少し濃い目の味付けにして、多めに作ったら密閉容器に小分けして冷凍しています。お医者さんには鉄分が少し足りないと言われます。そこで、海藻や卵、赤身の肉など鉄分の多いものは、意識して食べるようにしています。どちらも鉄分が豊富な大豆と昆布の煮物、鹿肉のそぼろなどは、私の作りおきおかずの定番。少しずつ解凍していただくようにしています。

そんなふうで、私の食べているものは、身の回りで育つものばかり、山から採ってきたものばかりです。でも何でも工夫すれば、食べられないものはないですね。料理ってすごいなと思います。

家にあるものを、自分なりの新しい組み合わせで料理するのは得意です。雪の多い冬でも、お客さんが来られたら、冷凍庫から何を出してきて料理してあげようかなと思うとワクワクします。

レシピ通りより、そのほうが楽しいでしょう。

［工夫して保存］

1長いものしそ漬け　2みょうがのしそ漬け　瑞々しい食感が残るミサオさんの漬物はどれも絶品。3いかの粕漬け　いかもたくさんいただいて食べきれないので、粕漬けにして保存。4干餅　これも津軽の伝統保存食。寒冷な気候を利用したフリーズドライ。5鹿肉のそぼろ　鉄分も多く、ヘルシーな鹿肉は、そぼろのような保存食にしておいて少しずつ食べる。6大豆と昆布の煮物　鉄分の多い二大食品の組み合わせ。　7かぼちゃと鹿肉ハムの炒め物　8青梅の漬物

[おもてなしの心]

おいでいただいた方に、地元の食材で、できるだけおいしくもてなしたい。1地元の豚肉で、きのこと肉汁に。2漬物の種類も、たくさん！　3しじみ汁　金木町から車で20分ほどの十三湖では、質の高いヤマトシジミが採れる。夏の産卵期が身も大きく旬だが、冬の寒しじみも旨みが増す。味噌を控えめに加えて。4若生昆布おにぎり　春採りの柔らかな1年昆布を干して塩漬けしたものを巻いたおにぎりは、クセになるおいしさの郷土料理。5土鍋で炊いたご飯は、炊きたてをおにぎりにしてお出しする。6がっぱら餅　青森のソウルフード。フライパンにがぱっとぶちまける大雑把な料理が名前の由来。ミサオさんのそれは長いも粉、青大豆、りんご、くるみも入り、ほのかに甘く、まるで洋菓子。米を炒ってから粉にするので、つぶれず、ふっくらとして香ばしい。

［桑田ミサオのレシピ集］

こしあん、赤飯、おはぎ

ぜひ試していただきたい、ミサオ流の工夫の数々。
青森の赤飯は「ほんのり甘い」のです。びっくりしないでくださいね。
さかづき餅についても、紹介いたします。

小豆の煮方

笹餅の要。粒の状態で赤飯にも使います

あん作りに大事なのは、小豆の質です。自分でも小豆を栽培し、足りない分は近所の方から購入しています。身が詰まってない豆などは取り除き、そろった豆を選びます。豆の調子を見ながら火を入れ、寝かせてまた火を入れる。形が崩れない程度に煮えたら、粒のまま赤飯に使うもの、粒あん、こしあん、と、用途に応じて取り分けます。小豆を前の晩から水に浸けておかなくても、早く上手に煮る方法を工夫しました。少し煮たら火を止めて、1時間寝かせる。もう一度火を入れて沸騰したら、また1時間寝かせる。まめにアクを取ることと、寝かせることでゆっくり余熱が浸透し、小豆本来の甘みが引き出される。ずっと火のそばにいなくてもいいし、ガス代も助かる試行錯誤のたまものです。

［豆の選別］

1小豆の選別。水で洗って浮いてきたもの、目で見て形が変なものは取り除く。2水でよく洗う。このおいしい井戸の水も小豆作りに一役。3浮いたものは除外する。

［1回目の煮込み］

4豆がゆったりかぶって余裕があるくらいたっぷりの水を入れ、中火にかける。5中火で10〜15分ほど、アクを取りながら煮る。6火を止め、1時間ほど寝かせる。赤飯用はここから取り分けて。

［2回目の煮込み］

7寝かせたものに水が足りないなら加え調整して、再び中火に。7〜10分ほどで沸騰する。8まめにアクを取る。9沸騰したら火を止め、再び1時間ほど寝かせると、すっかり柔らかくなる。2本の指で押して小豆が潰れるくらいが次の仕事のめやす。

ミサオさんのこしあん

和菓子のプロも驚く製法！

　こしあん作りは、和菓子作りの肝でありながら、一筋縄ではいきません。ミサオさんの弟子たちも、同じようにできないと最も苦労するところ。おいしい地元の小豆だけを使い、3月には夏の笹採り時期用の分を作りおきして冷凍保存。ひとりで作業するために、効率よく労力をかけずに作ろうとする、独自の方法です。

こしあんの作り方

材料（作りやすい分量）

小豆　1kg

水　小豆の4～5倍

和菓子専門店などでは、煮汁を捨てては水を加えるという作業を3～4回繰り返すことでアク抜きをします。重い鍋を抱える手間を何とか減らそうと、寝かせの工夫と、お手製の濾し袋でアク抜きの効率アップも図りました。結果、あんもおいしく仕上がりました。栄養価の高い小豆の皮の部分もできるだけ無駄にしません。

1 132ページの下ごしらえで、2回寝かせた小豆を用意。2本の指で押して小豆が潰れるくらいの柔らかさかを確認。**2** 水を加える。**3** もう一度沸騰させる。粗熱を取る。**4** 大きなボウルの中で、粗熱が取れた小豆を、細かいふるい（60目）にかけ、皮を取る。

1

2

3

4

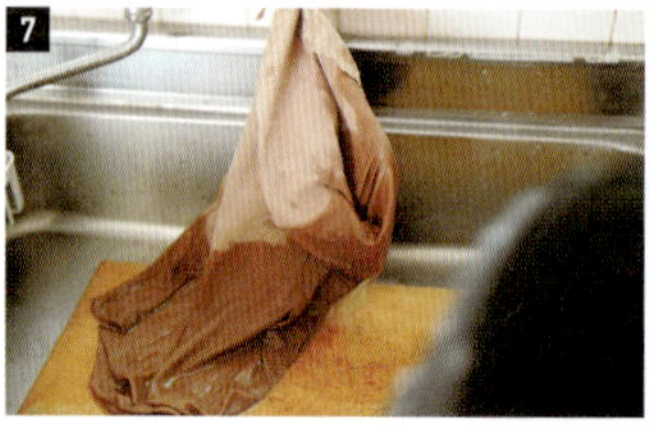

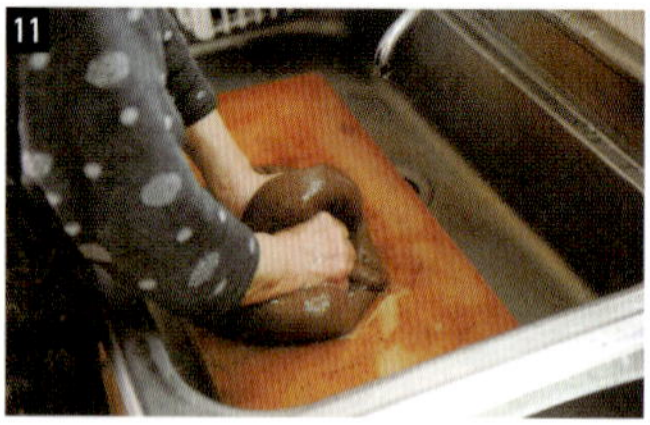

5網に残った皮の部分は熱いうちにミキサーにかける。6 5をさらにふるいにかける。より細かいほうが舌触りもよい。7 8ボウルの中の小豆水を、さらしの濾し袋に入れる。蛇口に固定できる紐付きの濾し袋はお手製。袋の中に小豆水を入れやすい。9水を流しながらアク抜きする。10さらにもむ。井戸水がいい。11 12濾し袋から水を抜く。まな板の上で体重をかけ、しっかり。

13水分がほとんどなくなるまで、絞りきる。14濾し袋の中のこしあん。15袋からぽろぽろのこしあんを取り出す。16粒子が細かく、アクが少ない、理想の仕上がり。17 1～2kg（500gでも）ずつ袋に入れ、冷凍保存する。これで、1年中笹餅が作れる。

[+ 砂糖で仕上げ]

砂糖を入れるとゆるゆるに。中火で煮詰め、焦げないように。硬くなる手前で火を止める（さらに余熱が入る）。冷凍する場合は、完全に冷めてから。

こしあんと同量の砂糖（ザラメ）と合わせて煮詰める。小豆1kgをそのままこしあんにする場合は、600gの砂糖＋塩適量で。

ミサオさんの赤飯

ほんのり甘いのがごちそう

蒸し器で作る赤飯。津軽地方の甘い赤飯は、お盆や祭り、田植え期のもてなしの、貴重な砂糖を使うハレの料理。甘さほんのりで、もち米の甘味が感じられるほどのミサオさんの赤飯は、以前、永平《えいへい》寺《じ》の禅師《ぜんじ》さまが、おいしいと喜ばれたそう。以来〝お釈迦《しゃか》さまがこのやり方でいいと教えてくださったんだべな〟と、自信を持ちました。

赤飯の作り方

材料

もち米　1kg
小豆　150g（もち米の5分の1くらい）
塩　大さじ1（お好みで加減）
ザラメ　80g、黒ごま　適量
冷たい水　約300mL（2合くらい）

蒸し器で作る赤飯。まずもち米だけ蒸し、味をつけてもう一度蒸す。❶5時間ほど水に浸けておいたもち米の水をきり、蒸し布をしいた蒸し器に入れる。❷蒸し布で包んで蓋をする。❸20～25分ほど強火で蒸す。❹太めの箸を刺して、火の通り具合を見る。シャクシャクならまだ。ズブズブ渋い感じが目安。❺一度目の蒸し上がり。❻ボウルにあけて、塩を入れる。

7

8

9

10

11

12

13

14

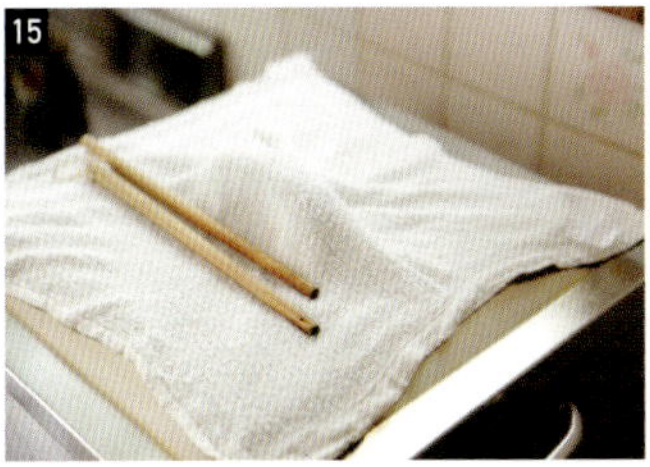

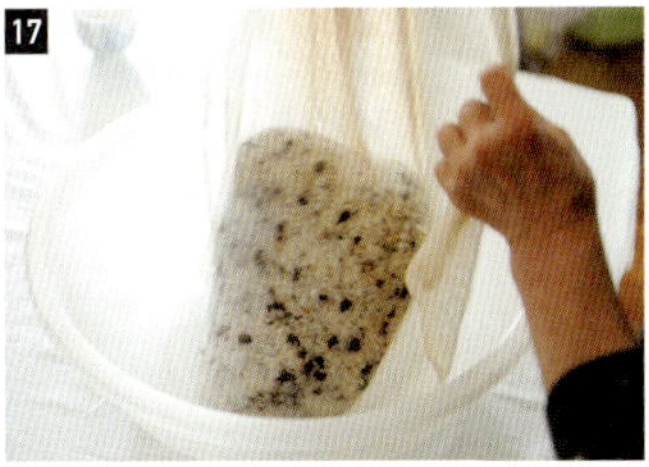

❼黒ごま投入。❽冷たい水を回しかけながら、混ぜる。❾ゆでておいた小豆を用意。❿小豆を混ぜる。小豆の煮汁が少し入ることで色がつく。⓫全体にムラなく混ぜる。シャバシャバ水分が行きわたるくらい。水分が飛ばされながら、もち米が柔らかくなる。⓬ザラメを加えてよく混ぜる。⓭もう一度、蒸し器に入れる。⓮ボウルに残った米粒も、ゴムべらできれいに取る。⓯二度目の蒸しで 15 分ほど蒸すと、ザラメが溶けてつやが出る。⓰蒸し上がり。⓱ボウルにあけて、よくかき混ぜ、水分を飛ばす。⓲でき上がり。

工夫どころ

母親のレシピをそのままではないそう。母の赤飯は、ちょっと米がもたもたとしていたので、もっちり、しゃっきり仕上げる工夫をしました。最初にお湯を加えてみたら粘り気が出たので、冷たい水にしてみたら、これが正解でした。この水も、ただ上からかけるのでなく、全体に混ざるようにさっと加えます。蒸し上がって、蒸し器に入れたままにしておくと下がべちゃっとなります。すぐ出してかき混ぜるのがコツです。

ミサオさんのおはぎ

あんこを包むアイディア

先祖供養の魔よけの小豆菓子がおはぎ。津軽では、お彼岸だけでなく、12月は1日の岩木山の命日、5日のえびす様の日、12日の山の神さまと、頻繁におはぎや大福を作るそうです。ミサオさんのおはぎのおいしさは、あんも格別ですが、土鍋でふっくらと炊き上げるご飯の風味と食感も決め手です。

おはぎの作り方

材料
もち米　300g
うるち米100g
こしあん400g
塩　　　お好みで
水　　　米の1・5倍（鍋による）

1 20分ほど水に浸けたもち米とうるち米を土鍋に入れ、水を加えて炊く。最初は中火で、吹きこぼれないように注意しながら、ふつふつと沸いたら弱火にして15分ほど炊く。炊き上がり後も15分ほど蒸らす。**2**すりこぎで米粒が半分くらい残るように潰す。いわゆる〝はんごろし〟の状態。**3**おにぎりの要領で、手に塩をつけて丸め、少し冷ます。**4**砂糖袋くらいの厚さのビニール袋を開いて、あん包みに活用。ナイフであんを楕円形に広げて表面を平らに。**5**ご飯を包む。**6**くるっと紙カップに。表面もきれいに仕上がる。

［さかづき餅（よし餅）］

1細かく挽いたうるち米に、かぼちゃの粉と塩と砂糖としそ粉少々を加える。粉が細かいので、水を加えたときにダマになりがち。霧吹きでスプレーしながら混ぜることで、ダマができにくくなる。2細かくふるいにかける。3ごまと粉末やんばる糖を加えて混ぜ、生地のでき上がり。4「さかづき」にぎゅぎゅっと押し込んで、形を作る。5さかづきの形しだいで、でき上がりの形が違う。6弱めの中火で1時間じっくり、蒸し上げる。

太宰治も味わったというさかづき餅は、簡単に作れる、おやつ代わりのお餅。うるち米粉に砂糖、黒ごまが基本で、杯で型を取るのでそう呼ばれるが、地元では「よし餅」の名で親しまれる。ミサオさんはかぼちゃ粉やしそ粉も加える。米粉がダマにならないように、霧吹きでスプレーしながら水を加えて混ぜるなど、これもまた技がいっぱい。蒸したてのほろほろ感は格別だ。

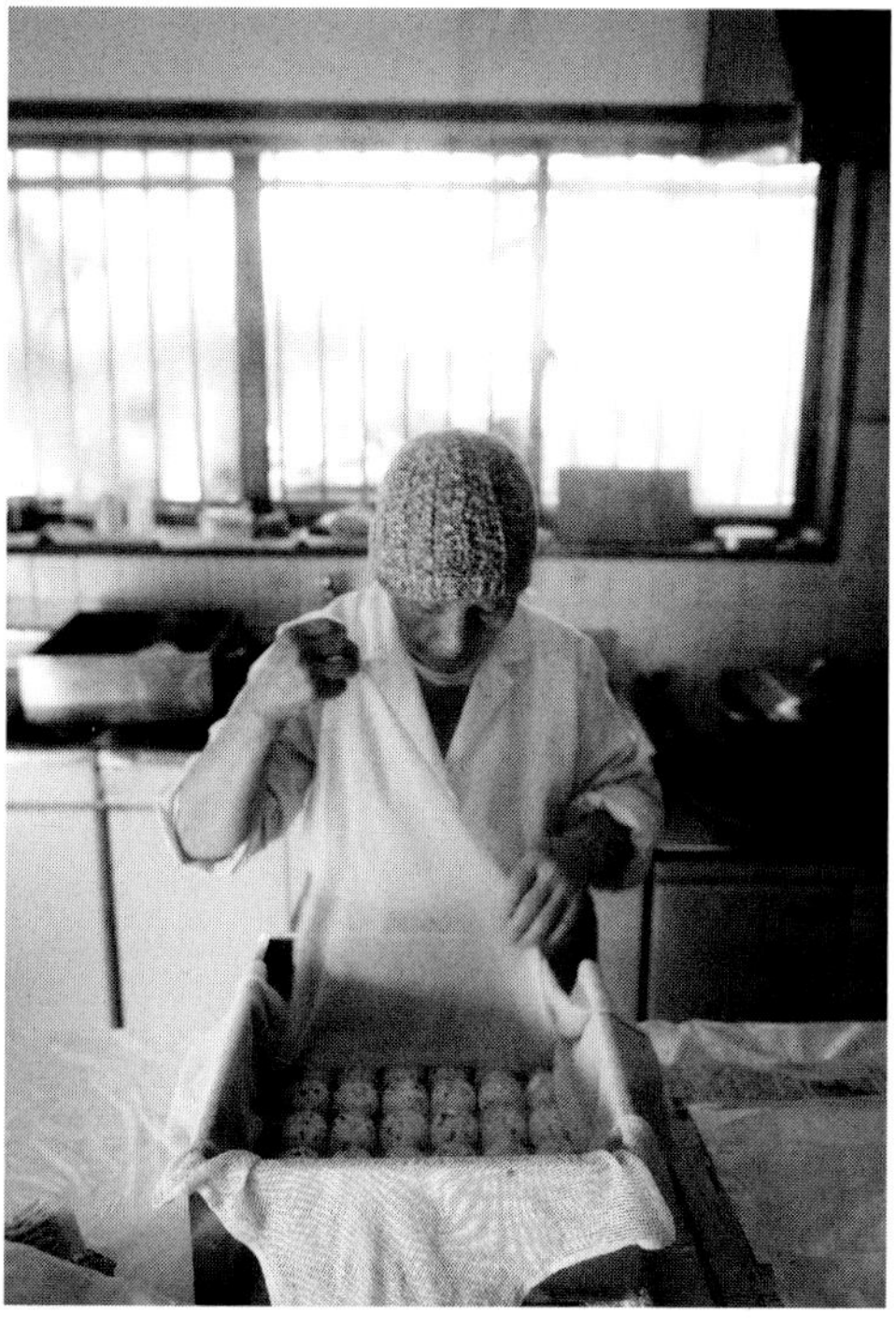

芦野公園を散歩中。

太宰治記念館「斜陽館」。

津軽の里がりんごで染まる秋。

笹採りの大敵は蜂。しっかり装備して山へ。

さいごに

笹餅は、私にとって大切な財産であり、宝です。

笹餅作りを続けてきて、つくづくよかったなと思います。

この年になれば、知り合いもひとり、またひとりと旅立っていき、淋しくなります。けれども笹餅のおかげで、私の周りには、若い人たちが集まってくるようになりました。もう長年通ってこられる人たちもいます。地元にも、大忙しの時に電話をすれば駆けつけてくれる人がいます。最初は心配していた孫も、今では、〝おばあちゃん、笹餅作るのやめたらボケるよ〟と言って応援してくれています。

笹餅を通じて、いろいろな人たちと出会うことができました。ですから、私の笹餅の作り方も、何もかも包み隠さず、どなたにでも教えて差し上げます。

私も90歳になりました。無理はしませんし、さすがに体力が落ちていることは、自分でも感じています。だから、27kgの米袋がひとりで担げなくなったら、きっぱり餅作りはやめようと決めています。

それまでは、笹餅を拡げる人の輪を作りたいのです。

私のところに教わりにくるみなさんが、販売までできるように育ってくれたらいいなと願っています。もし、それができなくても、若い人たちには、それぞれの発想があり、技があります。それぞれの力を出し合って、みんなで楽しみたいのです。そして私も、私より若い人たちの考え方を教わりながら、いくらかでも成長できたらいいなと思っています。

母に教わったことで、これまでたくさんの素晴らしい体験をすることができました。ですから、これからの人生は、そのお返しなのです。

背負いきれない財産を　見せてあげたや浄土の母に
恵みのかなうその日まで　十指《とゆび》で積もる黄金の山を

2018年1月

桑田ミサオ

孫の亜矢子《あやこ》さんと久嗣《ひさつぐ》さんと、「かなぎ元気村」でひと休み。「ひとり暮らしはやっぱり心配」と、おばあちゃん思いの二人。子供の頃から食べ慣れた笹餅。端をくるくる巻き上げて、手にくっつかないように食べる。

西暦	和暦	桑田ミサオ史	社会・風俗史
1927	昭和2年	2月14日、ミサオ誕生。14歳年上の長男、8歳年上の長女、6歳年上の次女の下に末娘として生まれた。中泊の旧家、宮越家三代目の父はミサオ誕生の1か月前に病のため他界。	12月、東京・浅草―上野に地下鉄開業
1932	昭和7年		5月、5・15事件発生
1933	昭和8年	ミサオ、胃腸を壊し、しばしば学校を休む。	3月、国際連盟脱退
1937	昭和12年	小学校5年の時、母、先妻と死別した桑田専之助に嫁ぐ。	
1941	昭和16年		12月、真珠湾攻撃。太平洋戦争勃発
1943	昭和18年	16歳、金木町の松尾写真館で2番目の姉、みさとその子供たち、義父と母とともに記念写真を撮る。	
1945	昭和20年	8月15日、終戦。翌年、19歳でティモール島より復員した義兄、喜代成に嫁ぐ。	3月、東京大空襲 7月、青森市大空襲。青函連絡船が空襲で壊滅 8月、終戦
1947	昭和22年	長女、やよゑが誕生。	
1949	昭和24年	長男、清次が誕生、産後の肋膜炎に苦しむ。	5月、弘前大学発足
1954	昭和29年	4月、27歳の時から約10年、後の弘前大学付属金木農場で、働く。最初は米作り、後に畜産課で牛の世話などする。	
1963	昭和38年	11月、金木町に保育園が出来ると、その用務員として就職。すぐに調理場の手伝いもするようになり調理師免許を取得。	翌年10月、東京オリンピック開催
1968	昭和43年		5月、十勝沖地震、青森県南地域に大被害

1972	昭和47年		2月、札幌オリンピック開催
1978	昭和53年	母、ミエ、85歳で他界。	
1987	昭和62年	保育園を定年退職。	9月、東北自動車道全線開通
1989	平成元年	金木農協の無人直売所ができ、ここで笹餅、さかづき餅、赤飯などを売り始める。特別養護老人ホームに粟餅を持参して慰問。餅を一生作り続ける決意をする。	
2002	平成14年	75歳の時「笹餅屋」の屋号で起業。餅作りのための加工所を造り、そこで寝泊まりするようになる。	
2004	平成16年	自転車の事故で膝の半月板を割り、入院。	
2006	平成18年	12月、79歳で、津軽鉄道の「ストーブ列車」で車内販売も始める。「ミサオおばあちゃんの笹餅」として人気となる。	
2010	平成22年		12月、東北新幹線新青森駅の開業
2011	平成23年	平成22年度農林水産大臣賞受賞。	3月、東日本大震災
2012	平成24年	NHKの番組『ここに技あり』に出演、問い合わせが殺到。この年より3年間、被災地の高校生に千個の笹餅を送り続ける。	
2014	平成26年	ふるさとづくり大賞、総務大臣賞を受賞。夫、喜代成、94歳で他界。	
2016	平成28年	五所川原市褒賞受賞。	
2017	平成29年	90歳、テレビ番組の取材も多数、地元の若い人たちに指導しながら、今も餅作りを続ける。身長145㎝、体重47・6㎏。	

津軽旅行案内

1［太宰治記念館「斜陽館」］

金木といえば斜陽館。小説家太宰治の生家。近代和風住宅の代表例として2004年国の重要文化財に指定されている。建物向かいには、金木観光物産館マディニーがあり、１年ものの薄い昆布を使う「若生おにぎり」も名物。
五所川原市金木町朝日山４１２−１

2［津軽鉄道（芦野公園駅）］

津軽鉄道は、津軽五所川原から津軽中里を結ぶ私鉄ローカル列車。「ストーブ列車」は、冬の津軽の風物詩。芦野公園駅は、芦野公園内に位置するため、桜の車窓が楽しめる。駅の喫茶店「駅舎」の「激馬かなぎカレー」が名物。緑に囲まれた「駅舎」は若者にも人気。

3［雲祥寺《うんしょうじ》］

様々な鬼の地獄絵の掛け軸が有名。悪事を裁き罰を与えると言われている。斜陽館近く。

4［芦野公園］

太宰の文学碑もある芦野公園。平坦で広く、散歩コースにもおすすめ。日本桜名所１００選。

5［岩木山］

弘前市・りんご畑ごしの岩木山。

藤崎町「白鳥ふれあい広場」よりの岩木山。

平野に岩木山がすっくと。津軽地方のどこからでも見える霊山。津軽富士とも言われる。どこから見るかで形が違うので、「岩木山はこの角度」論争がしばしば勃発。金木からはすっとした三角に見えるし、弘前や真反対の鰺ヶ沢からは、山の字そのものの形に見える。

6［五所川原立佞武多祭り］

〝ごしょがわらたちねぷた〟祭りは、毎年８月４日から８月８日に開催される。「青森のねぶた」、「弘前ねぷた」と並ぶ青森三大佞武多で、高さが最大で 23 m、重さ 19t の巨大な山車《だし》が五所川原市街地を練り歩き、その圧倒的迫力で沿道の観客を魅了。1998 年に約 80 年ぶりに復活しました。

［立佞武多の館］

祭りの期間以外は、「立佞武多の館」で見学を。常時観覧できるほか、佞武多の製作体験、お囃子《はやし》の練習など様々なイベントが。五所川原市大町 506-10

［名物うまいもの］

7十三湖しじみラーメン　8そば処亀乃家　天中華　9赤〜いりんご　10みわや　あげたい

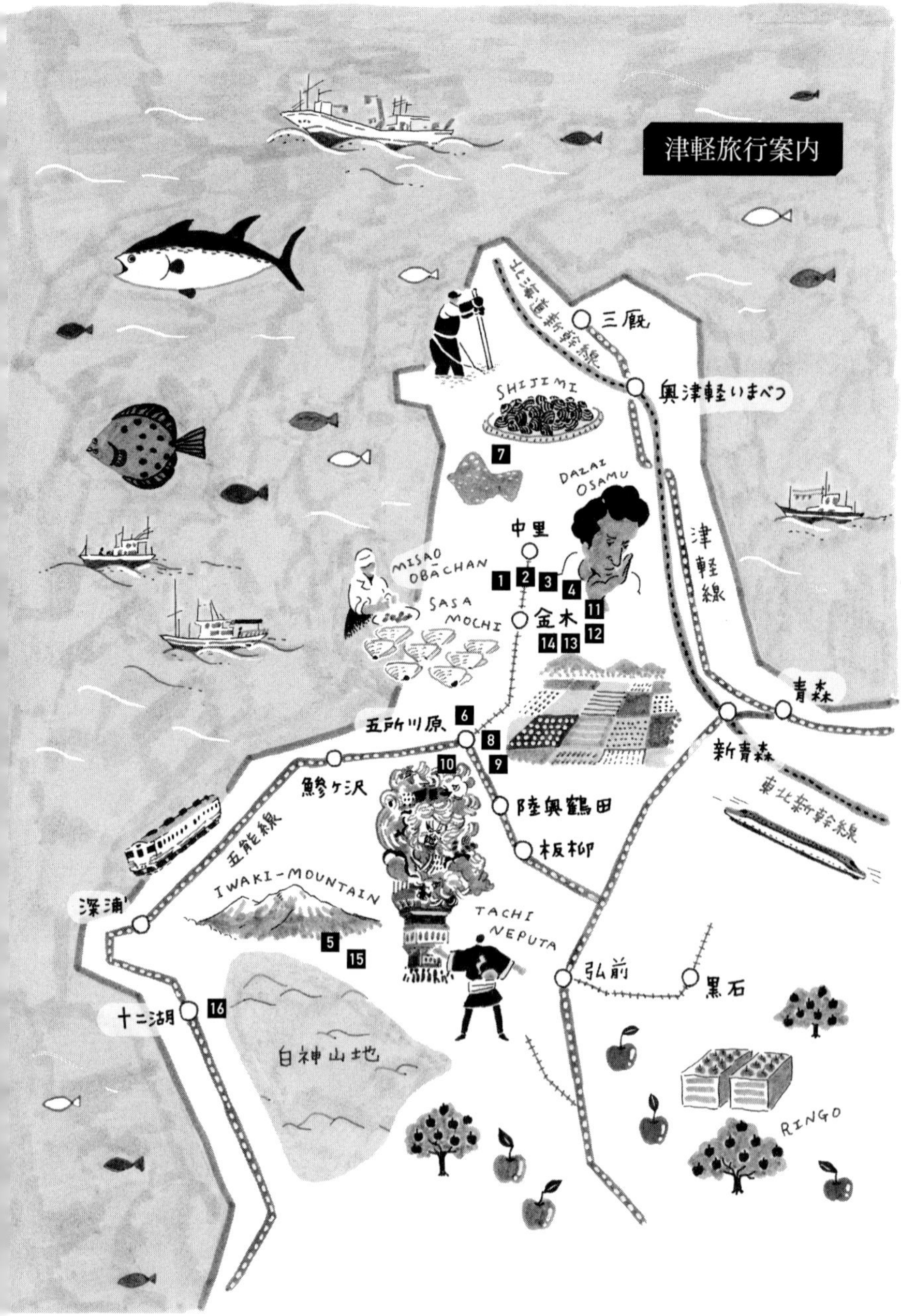
津軽旅行案内
北海道新幹線
三厩
奥津軽いまべつ
SHIJIMI
7
DAZAI OSAMU
中里
MISAO OBĀCHAN
1
2
3
4
11
12
SASA MOCHI
金木
14
13
津軽線
青森
新青森
東北新幹線
五所川原
6
8
9
10
鯵ケ沢
陸奥鶴田
板柳
五能線
IWAKI-MOUNTAIN
深浦
5
15
TACHI NEPUTA
弘前
黒石
十二湖
16
白神山地
RINGO

ミサオさんが、のびのびと暮らす津軽。笹餅やおいしいごはんを食べに、緑や雪やりんごや桜を見に、黄金の指から紡ぎ出される手仕事を見に、訪れてみませんか。津軽の地に降り立つと、いきなり呼吸が軽くなるはずです。津軽鉄道と、全国人気ナンバーワンローカル鉄道の五能線も待っています。津軽は、いたるところがパワースポットです。

11 [十二本ヤス]

金木町喜良市山の日本一のヒバの大木。樹高 33.46 m、幹周 7.23 m、樹齢 800 年以上。12 本の枝を、魚を突く「ヤス」に見立て、名づけられる。喜良市山地方では「12 月 12 日」が山の神を祀る日とされ、これこそ山の神であると神聖視されている。車か自転車で近くまで。道沿いに標識が。新日本名木100選。

12 [かなぎ元気村]

「かだるべぇ」は、地域のふれあいの場。太宰の津島家と親戚関係にある傍島（そばじま）家の、築１４０年の古民家を修復し、地域住民のための施設に。文化研究の場として、いろりでお茶を飲んだりも。地域レストランも。五所川原市金木町蒔田桑元 39-2

13 [川倉賽の河原地蔵尊]

芦野公園の北、標高 30m の小高い丘にある、亡くなった子供の霊を供養する場所。毎年旧暦 6 月 22 日から 24 日までの例大祭では、死者の霊を呼び出すイタコの口寄せが行われる。ふだんは、風車が回り、地蔵が並び、賽の河原らしい非現実感が漂う。UFO の目撃も多いと言われる。五所川原市金木町川倉七夕野 426-1

14 [斜陽の詩《うた》]

三味線会館北側向かいに位置する、金木町の特産品物産店。97 ページに登場した、ミサオさんのお弟子さん・須崎さんのお店。自社農場で育てる青森シャモロックは、新鮮な生肉も加工品も。なかなか買えない緑の「あすなろ卵」も販売。津軽近隣の名産品が一気にそろう店です。五所川原市金木町朝日山 446-1

15 [岩木山神社]

創建約 1200 余年。鳥居の間から見える岩木山の美しい姿は、まさにパワースポット。本殿までの長い参道は杉木立に囲まれ、ここからスタートする登山は一度お試しを。旧暦 8 月 1 日を中心に行われるお山参詣は、津軽の象徴で、重要無形民俗文化財に指定されている。弘前駅からバスで 40 分。近くには岳《だけ》温泉が。弘前市百沢字寺沢 27

16 [十二湖（津軽国定公園）]

青森県側の白神山地西部に位置する、ブナ林に囲まれた 33 の湖沼群。江戸時代に発生した大地震による山崩れでできたと言われている。崩山《くずれやま》山頂から眺めると、12 の湖沼に見えたことから、十二湖と呼ばれるように。青いインクを流したような青い色の「青池」が特に有名。西津軽郡深浦町松神。黄金崎不老ふ死温泉まで 14km。

[名物うまいもの]

(155 ページの) 7津軽十三湖は、宍道湖《しんじこ》よりもすごいと言われるしじみの産地。肝臓にいいので酒飲みの必須アイテム。地元十三湖では、しじみ亭奈良屋が定番。北津軽郡中泊町今泉字唐崎 255　8中華そばに帆立のかき揚げをのせた天中華は、五所川原駅近くの「そば処亀乃家」が元祖とか。9「赤～いりんご御所川原」をはじめ、中まで赤いりんごが、品種改良で続々誕生。10あげたいの店みわや。たい焼きを揚げちゃった名店 。頭から尻尾まであんがぎっしり。そのままでもおいしいたい焼きを揚げて、砂糖をさらにまぶした絶品。中身は「チョコ」「カレー」「バーガー」も。五所川原市字上平井町 99　＜ほかにもまだまだ＞いがめんち／ひらめ漬け丼／アップルパイ／しとぎ餅／干餅／すじこにぎり…

岩木山に秋の実り。
山を毎日拝んでいます。

笹採りも製粉もこしあんも。
年5万個をひとりで作る90歳の人生
おかげさまで、
注文の多い笹餅屋です

2018年1月22日　初版第1刷発行
2022年6月22日　　　第4刷発行

著者　桑田ミサオ
発行者　下山明子
発行所　株式会社　小学館
〒101-8001　東京都千代田区一ツ橋2-3-1
電話／編集　03-3230-5125
販売　03-5281-3555
印刷所　共同印刷株式会社
製本所　株式会社若林製本工場
撮影　長谷川潤
イラスト　矢原由布子
ブックデザイン　五味朋代（フレーズ）
聞き手・文　島村菜津
取材協力　青森県観光企画課・まるごとあおもり情報発信グループ

ISBN978-4-09-388598-0

校閲／小学館クオリティセンター
制作／太田真由美　星一枝
販売／小菅さやか　宣伝／細川達司　編集／戸沼侚子

●「津軽鉄道」へのお問い合わせ
津軽鉄道株式会社　総務課　TEL:0173-34-2148

「ミサオおばあちゃんの笹餅」購入方法

● スーパーストア金木タウンセンター（販売未定）
青森県五所川原市金木町沢部460　TEL：0173-54-1147
ミサオさんの都合により入荷しないこともありますので、事前にお問い合わせください。